KB068506

반쪽이
이야기

반쪽이
이야기

김경선 지음

바른북스

이야기는 자칫 보리와 별의 이야기로 오해하실 수도 있습니다. 반쪽이의 이야기는 첫 번째 이야기의 맨 끝 아주 잠깐 등장하니까요.

보리와 어진은 초록별의 생명체입니다. 별은 좀 다른 생명체이죠. 보리와 별은 어머니로부터 초록별로 보내져 한 삶을 살아내고, 그 하나의 삶을 끝내면 어머니의 세계에서 어머니를 만날 수 있습니다. 어머니는 한 삶을 끝내고 온 보리와 어진에게 물어보겠죠. 다음 생은 초록별에서 어떤 생명체로 살고 싶은지. 보리와 어진이 다른 생명체에게 해코지를 많이 하지 않았다면 어머니는 보리와 어진이 원하는 형태로 초록별로 다시 보내줄 겁니다. 다른 생명체에게 해코지를 많이 하지 않았다면 어머니는 그 생명이 원하는 형태로 초록별로 다시 보내줍니다. 이때의 다른 생명체는 물속, 땅 위, 땅속 그리고 하늘을 나는 새들 모두를 포함합니다.

별의 생김새는 보리와 어진과 같은 초록별의 생명체와 같습니다. 하지만 별은 한 삶을 살아내고 또 다른 모습으로 초록별로 보내지는 생명체가 아닙니다. 어머니와 마찬가지로 불멸의 존재이지요. 어머니가 잉태하고 세상에 내어보낸 것은 초록별의 생명체와 같지만 별은 윤회하지 않습니다. 하지만 별은 특별한 능력을 가지고 있지요. 사람들 사이에 자연스럽게 스며들고 그가 늙지도 죽지도 않는다는 것을 사람들은 전혀 아무렇지 않게 받아들입니다.

초록별의 보리와 사랑에 빠진 별은 아기 보리, 소녀 보리, 성년이 된 보리, 그리고 노년의 보리와 늘 함께합니다. 보리를 포함한 주위의 그 누구도 별이 전혀 늙어가지 않는 것을 이상하게 생각하지 않습니다. 보리도요. 별이 보리 주위에 자연스럽게 있다가 성년이 된 보리와 사랑에 빠지는 것을 당연하게 받아들이죠. 집단 최면이라고도 할 수 있겠네요.

제 이야기의 주인공은 반쪽이입니다. 제 이야기에서 반쪽이는 자신 이외의 모든 이들에게는 어진으로 불림니다. '어질다'의 어진입니다. 하지만 어진은 스스로 '반쪽이'라고 자신을 부릅니다. 자신의 운명의 사랑이 어쩔 수 없는 반쪽짜리 짝사랑이기 때문입니다.

저는 이 글을 쓰는 내내 어진이 때문에, 반쪽이 때문에 눈물겨웠습니다. 반쪽이의 사랑이 언제가 되어야 온전한 한 쪽이 될 수 있을지, 저도 가늠하기 힘들었기 때문입니다.

저는 이 이야기를 빨리 끝내고 싶었습니다. 이 이야기를 끝내야만 반쪽이의 사랑이 온전한 한 쪽이 되기 때문입니다. 그러나 그러기가 너무 힘드네요. 제 안에서 너무나 많은 이야기들이 줄을 대어 나오기 때문에 멈출 수가 없었습니다.

그래서 우선 이 글을 빨리 마무리 짓고 에피소드 형식으로 하나씩 보충되는 이야기를 풀어나갈까 합니다.

제 이야기가 다소 두서없고 이해하기 힘드시더라도 조금만 참고 기다려 주시길 바랍니다.

제 이야기는 우리 태양계의 이야기이고 초록별, '지구'의 이야기이며 우리 태양계의 태양과 달을 포함한 별들의 이야기입니다. 우리 태양계가 탄생하는 순간부터의 이야기이니 아주 장구한 세월에 걸쳐 현재에 이르는 이야기입니다.

　사실 저는 과거와 현재 그리고 미래를 넘나들며 이야기를 풀어내려 하였으나 가뜩이나 헷갈리실 제 이야기를 읽으실 분들을 위해 차근차근 시간순으로 제 이야기를 풀어보겠습니다.

(목차)

어머니 이야기

어머니의 어머니가 누구인지 어떻게 알겠는가? 어머니 자신도 모르는데, 어머니는 본인의 의식이 생겼을 때부터 어머니 지금 모습 그대로였다.

초록별의 생명들이 사람이라고 부르는 모습, 그중에도 여자라고 부르는.

현재 초록별의 어떤 사람과 비슷하다고 할 수 있을까?

검은 긴 머리는 약간 구불거렸고, 쌍꺼풀 없는 커다란 두 눈, 눈동자는 검은색이고, 흰자는 그야말로 너무 희어서 약간 푸른색을 띠기까지 한다. 키는 155센티미터 정도의 자그마한 키에 몸피가 작아 몸무게를 따지자면

45~47킬로그램 정도?

피부색은 까무잡잡해서 거의 흑인에 가깝다고 할 수 있다. 다른 특징인 동그란 코는 아주 낮고 귀엽다. 입술은 도톰한데 작은 편이고, 얼굴은 동그랗다.

과연 현재 초록별의 어느 사람과 가깝다고 할지는 이 글을 읽으시는 분들이 정해주셨으면 한다.

다만 내가 말하고 싶은 것은 어머니의 인상은 항상 밝고 선하다. 선하디선한 인상이고, 귀엽다고밖에 할 수 없는 인상이라는 것뿐이다.

어머니는 모든 생명체를 잉태해서 자신의 배 속에서 10달을 꽉 채워 어머니 몸 밖으로 내보낸다. 어머니는 초록별의 모든 생명체가 자신의 몸 안에서 다른 생명체를 세상에 내보낼 때와 같은 무게와 부피로 고통을 느끼며 한 생명을 세상으로 내보낸다. 어떤 때는 아주 짧게, 거의 고통을 느낄 사이도 없이. 어떤 새 생명은 몇 날, 몇 밤을 고통에 겨워 비명을 지르며 어금니를 깨물고, 혀를 깨물며, 몸부림쳐도 세상의 빛을 보기 싫다며 한사코 어머니의 몸 밖으로 나오길 거부하기도 한다. 이때 초록별의 어느 어머니도 같은 고통을, 출산의 고통을 겪고 같은 시각 한 생명을 초록별에 탄생시킨다.

어머니의 몸으로부터 세상으로 나온 첫 생명을 어머니는 '별'이라고 이름 지어주었다. '별'은 어머니의 첫 자식이었고 어머니와 같은 모습을 하고 있었다. 하지만 '별'은 어머니와는 다르게 초록별에서는 '남자'라고 부르는 모습을 하고 태어났다. 별을 잉태하고 세상 밖으로 내보내었을 때는 그 어느 초록별의 어머니도 생명을 잉태하지 않았고 따라서 아기를 출산하지도 않았다.

어머니가 유달리 별을 사랑하고 별에게 많은 권한을 준 것은 너무나 당연하였다.

'별'은 당연히 어머니의 세계에 속했다.

우주의 모든 별들이
별의 절규에 눈물 흘리다

"별, 저기…."

오늘도 보리는 별을 보자 낭랑한 목소리로 "별, 저기…." 하고 말을 시작했다.

별은 언제나와 같이 심장 밑에서부터 맑은 샘물이 차오르는 듯이 보리에 대한 사랑이 차오르는 것을 느꼈다.

"음, 말해봐."

"말이야, 먼 아주 먼 훗날, 어머니 말고 다른 어떤 존재가 생명을 만드는 세상이 올 수도 있을까?" "뭐? 어머니 말고 다른 존재가 생명을, 이 초록별에 생명을 만든다고?"

"푸~하하! 보리, 너는 정말 상상력이 풍부해. 어떻게 어머니 말고 그 다른 누가 이 초록별에 생명을 만들 수 있겠어?"

아주 먼먼 옛날, 우주에는 어머니가 있어 초록별을 비롯한 우주를 만들었다. 어머니는 아버지인 동시에 어머니이다. 그러하기에 그 어떤 존재의 도움을 받지 않고, 오로지 혼자의 기운으로 생명을 잉태하여 초록별에 살게 하였다. 그리고 어머니는 어머니가 만든 이 우주 이외에 다른 수많은 우주가 있다는 것을 알고 있었다. 어머니가 만든 어머니의 우주를 떠나면 어머니의 우주는 사라져 버린다는 것을 어머니는 알고 있었지만, 언젠가는 다른 우주의 어머니를 만나 그 어머니와 많은 이야기를 할 수 있었으면 하는 바람을 가지고 있었다.

보리는 아주, 아주 먼 옛날 그 어떤 생명체도 이야기를 만들어 낸다는 것을 상상하지 못하던 시대에 사는 초록별의 사람이기 때문에, 어머니의 우주에서 유일하게 상상을 하는, 이야기를 만들어 내는 사람이다.

초록별에 속하지 않는 어머니의 세상에 속하는 '별'은 보리의 이야기를 듣는 것이 너무나 재미있었다. 항상 황당한 이야기를 들려주는 보리지만 이번에는 황당한 정도가 도를 지나쳤다. 어떻게 어머니가 아닌 다른 존재가 생명을 만들 수 있겠는가?

"음, 내가 생각해 보았는데, 아주 먼 미래에 어머니 이외의 존재가 이 초록별에 나와 똑같은 보리를 만들 수 있지 않을까? 그럼 내가 이 초록별을 떠나도 별이 슬퍼할 일이 없잖아~. 보리와 똑같은 보리가 이 초록별에 남아서 별을 사랑할 테니까."

초록별에 속한 보리와 어머니의 세계에 속한 별의 차이는 보리는 아기로 태어나 성인이 되고 늙고 쇠약해져서 죽는 존재이고, 별은 늙지도, 쇠약해지거나 병에 걸리는 일도 없으며 죽지도 않는 존재라는 것이다. 물론 초록별에 속한 생명은 어떤 사고로 생명을 잃는 일도 종종 있었다. 별은 생각했다. '전생을 기억하는 보리가 지난 전생에 자신의 품 안에서 생명을 잃어갈 때 자신이 얼마나 슬퍼했는지를 보리가 기억하는구나.' 하고. 마음이 짠해졌다.

바로 전 보리의 전생에서의 보리의 죽음. 그건 사고였다. 별과 보리는 숲을 거닐고 있었다. 어디선가 거대한 호랑이가 갑자기 나타나서 별을 향해 덤벼들었다.

아니, 호랑이라고 생각하였지만, 확실히 호랑이는 아

니었다. 몸은 분명 사람이었는데 네발을 땅에 딛고 재빠르게 별을 향해, 정확히 별의 심장을 향해 도약했다. 번개같이 빠르지만 우아하게.

그때는 호랑이라고 생각했으나 후에 별이 곰곰이 되씹어 보니 얼굴은 호랑이였고, 사슴의 뿔을 가지고 있었으며, 팔과 다리를 가진 오히려 사람에 가까운 형상이었다. 두 눈은 형형하였고 살의가 번뜩였다. 어떤 이유로 그가 별의 심장을 향해 앞뒤 안 가리고 뛰어들었었는지 지금도 별은 가늠할 수 없었다.

그때 보리는 아무 생각도 할 수 없었고 그냥 몸을 던져 별의 앞을 막았고 호랑이, 아니 호랑이 사람은 보리의 심장을 물어뜯었다. 너무나 갑작스러운 일이라 별은 온몸이 얼어붙어 꼼짝할 수 없었다. 그 생명체는 별을 흘끗 보고 '아차!' 하는 생각을 하는 듯했다.

그리고 그 생명체는 '별'이 초록별의 생명이 아니라 어머니의 세상에 속하는 생명이며, 자신이 건드려서는 안 되는 존재라는 것을 알아차린 듯하였고 왔던 방향으로 눈 깜짝할 사이에 사라졌다. 그 생명체가 사라진 다음에야 별은 정신을 차렸다.

별은 보리를 안으며 소리쳤다. "보리, 보리야! 보리야

~." 별의 절규가 온 숲을 메아리쳤다. 물론 보리는 환생할 것이다. 하지만 환생은 한 생명이 죽자마자 바로 이어지는 것이 아니다. 환생에는 절차가 있다. 만약 초록별의 생명체가 초록별에서 지낸 시간 동안 많은 악행을 저질러, 가령 아주 많은 생명들을 괴롭혔거나, 다른 생명을 이유 없이 사라지게 하였거나, 다른 생명의 희망을, 살아갈 꿈을 잃게 만들어 스스로 생명을 포기하게끔 만들었다면 그 생명체는 환생이 허락되지 않는다.

그리고 환생할 생명체가 다음 환생에서 다른 생명체에게 생명을 포기하게끔 하는 환생이 점쳐진다면 어머니는 심사숙고한다. 이 생명을 잉태하여 출산의 고통을 겪으면서까지 초록별로 보내야 할까 하고. 어머니는 인간만을 잉태하는 것이 아니다. 초록별의 모든 생명들을 잉태한다. 우주의 별들 또한 어머니가 잉태하여 우주에 하나씩 보내었고 그 별들을 초록별의 생명체에 연결해 주었다.

땅 위의 모든 것들을, 물속의 모든 것들을 그리고 우주의 별들 또한. 우주의 별들은 아주 특별하다.

별은 초록별의 모든 생명체당 하나씩 연결되어 있다. 어머니가 잉태하여 출산하여 초록별에서 살게 한 모든 생명체에 하나씩. 그리고 어머니가 어떤 생명체에 대하여 환생의 기회를 주지 않는다면 초록별의 생명체와 맺어졌던 별은 그 기운을 잃고 사라진다. 어머니가 환생의 기회를 주지 않는 경우는 단 하나 현재의 삶에서 다른 생명체에게서 삶의 희망을 빼앗아 아무 잘못도 없는 생명에게서 환생의 기회를 줄 수 없도록 한 경우이다. 그 이유는 하나의 생명이 초록별에서 사라지고 그의 별 또한 어머니의 우주에서 사라질 때마다 초록별의 기온이 조금씩 내려가 결국에는 초록별은 꽁꽁 얼어버려 그 어떤 생명도 살 수 없는 별이 될 것이고 그러면 어머니의 우주도 어머니도 사라져 버릴 것이기 때문이다. 이는 어머니가 초록별을 더 사랑해서가 아니다. 어머니의 기운의 균형이 깨어지기 때문이다.

별은 보리를 다시 볼 수 있을 때가 언제가 될지 가늠할 수 없었다. 별은 보리를 만날 수 없는 날들을 상상할 수 없었다. 지난 보리의 생들은 행복했고, 보리는 오래오래 별과 함께했으며 보리가 초록별을 떠날 때까지 별은 보리와 함께할 수 있었다. 별과 보리와의 행복한 시간들이었다. 그렇기에 별은 보리가 다시 태어날 때까지 보리와 함께한 많은 시간들을 추억하며, 보리가 들려준 이야기들을 보리의 별에게 이야기해 주며, 보리 별과 가만가만 보리와의 추억을 아주 오랫동안 이야기하며 지긋하게 기다릴 수 있었다. 그 기다림 또한 행복한 시간이었다.

하지만 이렇게 갑자기 보리를 떠나보내고, 다음 보리가 돌아올 그 긴 시간 동안 별은 자신이 보리를 지키지 못한 것을 후회하며 하염없이 보리를 기다려야 할 것이다.

별은 보리를 안고 절규하였다. 그때 우주의 모든 별들도 함께 눈물을 흘렸다. 물론 보리의 별도.

"별, 너무 슬퍼 마. 나 금방 돌아올게. 나 바보지? 별은 불멸의 존재인데…." 보리의 몸에서 기운이 스르르 빠져나갔다. 그리고 보리의 두 눈에서 한 줄기 눈물이 볼을 타고 흘러내렸다.

별의 절규를 듣고 놀란 어진이 별과 보리에게 숨을 헐떡이며 달려왔다. 가슴에서 피를 흘리며 별의 품에 안겨 있는 보리를 본 어진은 "헉! 어떻게 이런 일이…." 하고 뒷말을 잇지 못하였다. 어진은 반복되어 온 보리의 환생과 쭉 함께해 온 초록별의 사람이다. 그리고 그 삶마다 보리는 어진의 짝사랑이었다. 어느 생에서도 보리는 별을 바라보았고, 어진은 미래의 그 어떤 삶들에도 보리는 별을 사랑할 것이라는 것을 알고 있었다. 그럼에도 불구하고 어진은 보리에 대한 사랑을 멈출 수가 없었다.

반쪽이 이야기

어진은 어머니가 생명을 출산할 때 유일하게 어머니의 실수로 오른발이 어머니의 몸에 깔려 뒤틀려 불구가 된 생명이다. 어머니는 초록별에 생명을 보낼 때 출산의 시기가 다가오면 초록별로 내려와 아늑한 동굴을 찾아 그 안에서 조용히 출산의 고통이 오길 기다린다. 그 누구와도 함께하지 않고 오롯이 그녀 혼자.

그날도 어머니는 출산의 고통이 배 속을 휘젓자 초록별로 내려와 아늑한 동굴을 찾아 그 안으로 들어갔다. 어머니는 점점 더 심해지고 날카로워지는 고통에 '한 생명체가 곧 세상에 태어나겠구나.' 하는 생각을 하며 이 아이가 그녀의 배 속에 처음 오게 된 그날 꾸었던 꿈을 생각하였다. 그 예지몽들은 틀린 적이 한 번도 없었다. 어머니가 태어날 아기가 다른 사람을 자살하게끔 만들 운명을 지녔다는 것을 아는 것은 바로 이 꿈의 계시를 통해서이다. 이 아기의 예지몽은 너무나 애절했다. 이 아이는 태어나는 순간부터 한 여인을 사랑할 운명을 타고 나게 될 것이다. 하지만 그 여인은 그 모든 생들을 다른 남자를 사랑할 운명을 가지고 있다. 그 여인은 '보리'이고, 보리가 사랑하는 남자는 '별'이다. 어머니의 세계에 속한 '별'.

아기의 머리가 나오기 시작하였다. 그 순간 어머니는 망설였다. 불행한 삶을 끊임없이 반복해야 하는 이 아기, 다만 한 개의 삶이 아니라 끝없이 반복될 그 모든 삶들에서 이 아기가 사랑하는 여인은 단 한 순간도 이 아이를 바라보는 일은 없으리라. 그 순간 어머니는 망설였다. 이 아기가 태어나는 것을 막아야 하지 않을까? 끝없이 반복되어 불행해질 가엾은 내 아기, 지금 결정해야 한다. 이 아이의 그 끝없는 불행을 막아야 한다. 어머니는 뒤로 젖혀져 있던 몸을 벌떡 일으켜 앉았다. 그때는 이미 아기가 어머니의 몸을 빠져나와 오른쪽 발만이 어머니의 몸 안에 있었기에 어머니는 아기의 발을 깔고 앉은 상태가 되었고, 연약한 아기의 발은 어머니의 체중에 깔려 발이 돌아가 다리를 저는 불구가 되었다. 첫 숨을 몰아쉬며 커다란 울음을 시작한 아기를 안고 어머니는 어쩔 줄 몰랐다. 실수였다. 어머니의 첫 실수. 어머니는 여태껏 실수를 해본 적이 없었다. 당황한 어머니는 아기를 품에 안고 눈물을, 눈물을 흘리는 것 이외에 그 어떤 것도 할 수 없었다. 이제 어쩔 도리가 없었다. 이 아기가 스스로 자신의 삶을 포기하고 그 삶을 마감하기 전까지는, 한 여인을 향한 이 아기의 애절한 사랑을 멈출 수는 없을 거라는 것을.

어머니는 아기의 이마에 살포시 입술을 맞추며 나지막이 속삭였다.

"아가, 네가 사랑하게 될 그 여인은 너에게 한 조각의 사랑도 주지 않을 테지만 다른 모든 생명들은 너를 사랑할 거야. 불쌍한 내 아기…."

아기는 놀랍게도 어머니를 위로하듯 어머니 볼에 흐르는 눈물을 그 자그만 손으로 닦아주었다.

어머니의 생명체들은 어머니의 뜻에 따라서가 아니라 스스로의 선택에 의한 삶을 산다. 좋은 삶, 다른 생명들과 좋은 관계를 맺으며 사는 것도, 다른 생명체들에게 끊임없이 불행을 가져다주며, 악행을 저지르는 삶 또한 하나하나의 생명들의 선택이다. 그런데 이 아기에게는 특별히 선물을 주었다. 이 아이의 모든 삶들에서 아이는 단 하나의 인간에게는 이성으로서의 사랑을 받지 못할 것이지만 다른 모든 생명들은 이 아기를 사랑할 것이다.

물론 생명체들의 사랑도 선택이다. 따라서 모든 다른 삶에서 같은 상대를 사랑하지는 않는다. 그 연인 둘이 같은 시간대에 초록별에 오는 것도 드문 일이니까. 하지만 보리는 다르다. 불멸의 존재인 별의 연인이 보리였고, 별이 다른 여인을 맘에 품기 전에는 별과 보리는 서로 만을 사랑할 것이다. 그리고 어머니는 알고 있었다. 별이 다른 여인을 눈에 담는 일은 없을 것이라는 것을. 아기 의 조그만 손을 살포시 잡으며 어머니는 중얼거렸다.

"아가, 불쌍한 내 아가…." 어머니의 볼에 다시 눈물방울이 방울방울 흘러내렸다. 어진의 별도 눈물을 흘렸다. 보리 이외의 모든 생명들이 어진에게 사랑을 줄지라도 어진은 보리가 주지 않는 연인의 사랑에 목말라하며 불행할 것이라는 것을 어머니도 어진의 별도 알고 있었으므로.

다시 시작된 보리와
별의 이야기

보리가 환생하였다. 별은 기다리고 기다리다 이제는 지쳤다. 그 순간 보리의 별이 별에게 기쁜 소식을 전했다. 어머니가 보리를 잉태하였다고. 곧 보리가 초록별로 돌아올 거라고. 그동안 어머니는 인간을 잉태하길 꺼려하였다. 어진이를 실수로 불구로 만들었다는 죄책감에 어머니는 인간의 환생을 미루고 미루었다. 어쩌다 아주 가끔 인간을 잉태하였다. 보리의 환생이 언제쯤일지 별은 가늠할 수가 없었다. 그런데 보리를 어머니가 잉태하였다. 별의 눈에 눈물이 고였다. 기쁨의 눈물. 별은 보리를 기다리는 시간들이 너무나 고통스러워서, 보리를 지키지 못한 자신이 너무 미워서 견딜 수 없는 시간들을 그림을 그리며 지냈다. 하얀 종이 위에 오로지 파란색으로.

보리는 항상 별에게 "별은 내게 항상 파랑이야."라고 했다. "그게 무슨 뜻이야?" 하고 물으면 보리는 "난 파란색을 보면 언제나 마음이 평온해져. 그러니까 별은 파랑이야."라고 했다. 그 말을 들을 때마다 별은 미소 지었었다. 그래서 별은 보리가 그리울 때마다 그림을 그렸다. 파란색의 그림을.

하얀 얼굴의 보리, 파란색 옷을 입고 행복한 미소를 별을 향해 짓는 보리.

파란색 물고기들과 노니는 보리, 파란색 꽃을 한 손에 들고 별을 향해 미소 짓는 보리, 새들과 노니는 보리, 밥을 먹는 보리, 열심히 이야기를 지어 별에게 이야기를 들려주는 보리, 밤하늘의 별을 보며 살포시 별의 어깨에 머리를 기대고 있는 보리, 춤추는 보리, 노래하는 보리, 시냇물에 발을 담그고 장난스러운 웃음을 지으며 별에게 이야기하는 보리, 찡그리는 보리, 봄의 보리, 여름의 보리, 가을의 보리, 겨울의 보리, 아기 보리, 소녀 보리, 성년이 된 보리, 나이가 들어 할머니가 된 보리.

할머니가 되어서도 보리는 여전히 별을 향해 사랑의 눈

길을 보내고 있다. 보리가 나이가 들어 100세가 되어 별을 떠날 때도 별의 손을 잡고 곧 돌아올 것을 약속하는 보리….

수천수만 장의 보리를 그리며 보리를 향한 그리움을 안으로, 안으로 새기며 다시는 보리를 그리 허망하게 보내지 않으리라 다짐하고 또 다짐했다.

이제 곧 보리가 온다. 보리가 초록별로 돌아온다.

어머니가 동굴에서 보리를 안고 걸어 나올 때 어머니가 동굴 안으로 걸어 들어가는 순간부터 내내 어머니가 자그마한 아기 보리를 품에 품고 걸어 나오는 순간까지 그 동굴 앞에서 기다리다 보리를, 아기 보리를 어머니에게서 건네받아 별은 자신의 품에 보리를 안았다. 얼마나 오랫동안 이 순간이 오기를 기다렸던가. 보리를 품에 다시 안는 순간이 다시는 오지 않을지도 모른다는 생각에 별은 수천수만 번 절망했었고, 자책했었다.

보리를, 아기 보리를 다시 만나면 내 품에 보리를 안고 다시는 내 눈이 닿지 않는 곳에 보리를 두지 않을 것이다. 다시는, 다시는 보리를 그렇게 허망하게 떠나보내지는 않을 것이라고 수천수만 번 되뇌었다.

아기 보리의 이마에 뺨에 입술에 입맞춤할 것이다. 아

니 이번에는 어머니를 따라 동굴까지 같이 가야겠다. 어머니가 동굴 안에서 고통을 하는 그 시간을 어찌 이 어머니의 세계에서 기다릴 수 있겠는가?

이제서야 별의 얼굴에 미소가 피어났다.

어진이도 그 둘을 따라 초록별의 어느 동굴 앞에서 기다렸다. 어머니와 '별'이 전혀 눈치채지 못하게 커다란 나무 뒤에 몸을 숨기고 숨죽이며 기다렸다. 그도 설레었다. 어쩌면 별보다 그가 더 설레었는지도 모른다.

드디어 어머니가 보리를 안고 동굴 밖으로 나왔다. 별이 보리를 조심이 안고 머리에, 이마에, 그리고 뺨에, 입술에, 양손에, 두 발에 입술을 맞추었다. 별의 눈에 기쁨의 눈물이 어른거리는 게 숨어 있는 어진이에게도 달빛에 비쳐 볼 수 있었다. 어진의 눈에도 기쁨의 눈물이 맺혔다. 어진은 간절히, 간절히 바라고 또 바랐다. 이 순간 보리를 안고 머리에, 이마에, 그리고 뺨에, 입술에 양손에, 두 발에 입술을 맞추는 이가 별이 아니라 어진이 바로 자신이었으면, 그럴 수만 있다면, 그는 다시 초록별에 태어나지 않아도 좋으리라 하고.

보리는 행복하게 너무나도 행복하게 별의 사랑과 어진의 사랑으로 쑥쑥 컸다. 너무도 당연하게 보리는 별을 사랑하고 별은 보리를 사랑했다. 별은 이번 보리의 생은 다시는, 다시는 보리를 지키지 못하는 실수를 하지 않으리라 다짐하고 또 다짐하였다. 그리고 이 둘을 어진이는 애절히, 보리와 별의 사랑을 멀리서 지켜볼 수밖에 없었다. 이 셋을 바라보는 어머니는 한숨을 쉬는 것 외에 할 수 있는 것이 없었다.

보리는 다시 이야기를 지어내 별에게 들려주었고, 별은 파란색의 그림들을 계속 그렸다. 별의 모든 그림들은 보리였다. 보리의 이야기들의 대부분 사람들의 애절한 사랑 이야기, 아니면 사람 이외의 다른 생명들의 사랑 이야기였다. 그리고 어진은 항상 별과 보리의 주위를 맴돌았다.

보리를 지켜주기 위하여. 그 둘은 어진이 보리를 사랑한다는 것을 전혀 알지 못했다. 꿈에서조차….

모든 생명들이 전생을 기억하는 것은 아니다. 거의 모든 생명체들은 전생을 기억하지 못한다. 그러나 보리와 어진은 달랐다. 별은 보리가 별을 잊고 태어나 다른 인간을 사랑한다는 것을 용납할 수 없어 보리가 전생의 기억을 갖고 태어나게 어머니에게 부탁하였고, 어진은 자신이 못 이룬 사랑에 대한 간절함에 이다음 생에는 꼭 보리가 자신을 사랑하는 삶을 살게 될 것이라는 강한 희망으로 인하여 전생의 기억을 갖고 다시 초록별로 돌아왔다. 언제나 같은 모습으로, 오른쪽 발을 절며⋯.

보리공주 이야기

　보리는 이번 생에는 궁궐에서 태어났다. 보리공주, 공주의 오라버니 왕자는 태어난 지 닷새 만에 절명하였다. 아기 왕자는 항문이 없이 태어났고, 궁중의 어의들이 양의에게 보여 수술할 것을 권유했으나 할머니, 대왕대비의 고집으로 결국 목숨을 잃었다.

　헉! 아니 며늘아기가 시아비 발목을 낚아채듯 그러잡다니! 순간 노여움에 두 눈썹이 꿈틀거렸다.

　"아버님, 애기 이름이라도… 이름이라도 지어주시고."

　'허, 허! 오늘을 넘기기 힘들 것 같은 핏덩이에게 이름이라니….'

"넙죽이라고 해라. 원래 아명은 저속할수록 애기가 오래 사는 것이다. 내 얼릉 돌아와 다시 이름을 지어주마."

많은 이름을 생각하고 생각했었다. 사내아이 이름을. 계집아이 이름은 아예 생각해 본 일이 없었다. 그의 아내 김 씨는 시집와 아들만 내리 일곱을 낳았다. 아내 김 씨의 속곳을 얻기 위해 아녀자들이 수시로 안채를 향한다는 것을 그도 알고 있었다.

큰아들을 앞세우고 말을 탔다. 서둘러 가도 강화까지 해 안에 가기는 힘들 것이다. 영의정, 영의정의 장남, 그리고 몸이 날랜 종놈 하나를 태우고 세 필의 말이 엉덩이에 채찍을 맞으며 흙먼지를 일으키며 길을 재촉했다.

"어서 오세요. 서둘러 오셨군요. 제 기별을 받고 오셨어요?" 부인 김 씨가 버선발로 앞마당으로 달려 나와 종놈이 말고삐를 잡고 영의정, 그가 말에서 내리기도 전에 말을 붙였다.

"부인의 전갈보다 소문이 더 빨랐던 것 같으오. 부왕께서 왕자를 얻으셨다는 소문이 부인의 전갈보다 빨라 부인의 전갈은 아마 뒤에 강화의 아범이 받았을 것이요."

"그러셨군요. 아범은…요?"

"큰애야 강화의 벼 수확이 끝나는 것을 다 보고 오라

했소. 어서 입궐 채비를 해주시오. 감축 인사가 늦어서야 되겠소?"

"예. 제가 관복을 준비할 테니 얼른 소세부터 하시지요. 어멈한테 소세 물 올리라고 하지요. 그리고, 대감 가시기 전에 별당에 한번 얼굴을 비치심이…." 하며 김 씨 부인은 말끝을 흐렸다.

끙! 하고 배 속에서 신음이 올라오는 것을 참으며 "그러리…다." 하고 답하였다.

사랑에 드니 이미 소세 물이 커다란 놋쇠 그릇에 담겨 아랫목에 놓여 있었다. 물이 찼다. 시원하게 얼굴이며 목을 닦고 명주 수건으로 물을 닦으며 그 수건으로 몸의 구석구석 말을 타고 오며 몸 속으로 스민 먼지들을 닦아 냈다.

김 씨 부인이 어느새 다림질한 관복을 두 손에 받쳐 들고는 방으로 들어오며 물었다.

"소세 물을 갈아 올려드릴까요?"

"아니 되었소. 관복 입는 걸 좀 봐주시오."

김 씨 부인은 영의정 옆에서 세세하게 속옷부터 챙기며 옷고름을 매어주었다.

"훤하십니다. 사인교 준비시켜 놓았습니다. 나가시는

길에 별당에…" 하며 다시 말끝을 흐렸다.

다시 속에서 끙! 하고 올라오는 소리를 참으며 발걸음을 별당으로 향했다.

"응애, 응애…" 흠칫 놀랐다.

'그 핏덩이가 죽지 않고 살았다는 것이냐? 내 돌아오기 전에 절명하면 가마니에 둘둘 말아 윗목에 두어두라고 말을 흘리며 강화로 떠난 게 벌써 며칠인데 진즉 숨이 끊어져 가마니에 둘둘 말아 뒷산에 묻었거니… 했는데 그 핏덩이가 살았다고? 가만! 내 집 대문에 삼줄이 걸려 있었던가? 고추가 빠지고 흰 창호지와 검정 숯을 맨…'

새아기의 몸종이 별당 안으로 뭔가를 가지고 들어가다 영의정을 보고 흠칫 놀라 외쳤다.

"애기씨, 대감마님 납시셨습니다."

미닫이문이 드르륵 열리고 며늘아기가 품에 조그만 것을 품고 방문을 나서며 시아비를 향해 반절을 했다.

"아버님, 먼 길 다녀오시느라 노고가 크셨습니다. 드십시오. 절 받으셔야지요."

"절은 내 입궐 후 다녀와서 받으마. 지금은…" 하고 말끝을 흐리고 돌아 나왔다. '저 핏덩이가 살았더냐? 저 못

생긴 얼굴을 해가지고…'

사인교에 앉아 흔들거리며 궁으로 가는 내내 입맛이 쓴 건지 단 건지 묘한 것이 뭐라 꼭 집어 말할 수 없는 것이 자꾸 뒤꼭지를 당겨 어느새 사인교가 건춘문을 들어서는지도 몰랐다.

"감축드리옵니다. 마마, 감축 인사가 늦어져 송구하옵니다."

"아니에요, 아니에요. 대감. 실인즉 대감이 우리 어린 왕자의 탄생 감축 인사드리는 첫 손님이랍니다."

"아니, 소신이 첫 손님…이라니요?"

"중전이 난산 끝에 낳으신 왕자인지라 어찌나 조심스러운지 여태 손님을 안 들였습니다. 그간 국왕의 경연 또한 멈추고 궐내에는 일절 사람을 들이지 않았습니다."

"예. 그랬군요. 잘하셨습니다. 암요. 조심하셔야지요. 중전마마, 왕자애기씨 다 무탈하시지요?"

"그럼요, 그럼요. 다 이 할미의 기우이지요. 조심해서 뭐 나쁠 게 있겠습니까? 삼칠일 동안 아무도 궐내에 안 들일 작정입니다. 물론 우리 영의정 대감이야 예외이구요."

"예. 고맙습니다. 대왕대비마마. 근데 왕자애기씨는 누굴 닮았습니까?"

"우리 어린 왕자가 기특하게도 돌아가신 부왕을 꼭 빼다 박았지 뭡니까?"

다과상을 앞에 놓고 대왕대비의 얼굴에는 웃음이 가시지 않았다.

"그럼, 왕자애기씨 탄생 축하연은 언제쯤 하실 예정이십니까?"

"천천히, 천천히 할 예정입니다. 지금 같아선 백일잔치나 크게 할까 하고요."

"백 일이나 기다리시려고요? 그러다간 왕자애기씨에 대해 흉흉한 소문이 행여 퍼질까 저어되옵니다. 사실 왕자애기씨가 아니라 공주애기씨를 중전께서 생산하셨는데, 쉬쉬 애기씨를 감추다 애기씨를 다른 사가의 사내아기를 데려다 바꾸려 한다는 둥…."

"걱정 마세요. 걱정 마세요. 글쎄 우리 애기 왕자가 돌아가신 부왕을 꼭 빼다 박았다니까요. 씨도둑은 못한다는 말 있지 않습니까?"

돌아가신 선왕을 꼭 빼다 박았다면 인물이 훤할 터였다. 자신을 닮아 돼지코에 얼굴이 넙데데한 자신의 손녀딸과 비교하니 입안이 소태를 머금은 듯 써서 얼른 집으로 돌아가 단 약과나 한입 베어 물어야겠다는 생각을 사인교 위에서 집에 당도할 때까지 내내 하였다.

관복을 벗으며 옆에서 시중드는 김 씨 부인에게 약과를 내달라고 하였다.

"곧 저녁 자셔야 할 텐데 다과를 드시게요?" 하며

"밖에 누가 있는가? 대감 드실 다과상 좀 차려 오게."

"예." 하는 소리가 바로 들렸다. 평상복으로 갈아입고 옷고름을 매며 자리에 앉자마자 미닫이문이 소리도 없이 스르르 열리고 다과상을 든 어린 여종이 들어와 살포시 다과상을 놓고 뒷걸음질 쳐 방을 나갔다. 약과를 들어 한 입 베어 무니 달고도 기름진 맛이 입안으로 퍼졌다.

"대감마님 별당 애기씨 드십니다."

"그래, 어서 들라 해라." 입안에 베어 문 약과를 얼른 목구멍 너머로 넘기며 답했다. 새아기는 조그만 보퉁이를 안고 들어왔다. 그 옆에는 새아기가 시집올 때 따라온 새아기의 젖어미가 같이 들어와 보퉁이를 받아 안았다.

"아버님, 먼 길 다녀오시느라 고생이 이만저만 아니셨습니다." 하며 사뿐히 큰절을 했다.

"오냐! 오냐, 어린 핏덩이 건사하느라 네가 고생이 많았겠다. 어디 아기 얼굴이나 한번 보자."

별로 내키지는 않았으나 어쩌랴? 내 장남의 핏줄인 것을 하며 새아기의 유모가 건네는 보퉁이를 안아 들었다.

어라! 아기의 이목구비가 제대로 박히기 시작하고 넙데데한 얼굴이 제법 갸름해지고 있었으며, 쭈글쭈글하던 얼굴이며 손이 매끄롬해져 있었다.

"허허! 이 핏덩이가 이제 제법 사람티가 나는구나. 자네가 고생이 많았겠구먼." 하고 새아기 유모에게 공치사를 했다.

"뭘요. 마님. 애기씨가 워낙 순둥이라 하나도 힘든지 모르겠습니다. 밤에도 얼마나 새근새근 잘 주무시는지 기저귀 한 번만 갈아드리면 내리 아침나절까지 주무신답니다."

"그래, 그래, 기특하다. 새아기 몸에 바람 들지 모르지. 어여 별당으로 모시거라."

영의정 옆에서 김 씨 부인이 눈짓으로 어여 나가라 했고 별당 아씨와 유모, 갓난쟁이가 서둘러 자리를 떴다.

"난 벌써 거적때기에 싸서 뒷산에 묻었을 줄 알았소."

"무슨 그리 서운한 말씀을 하시오? 첫딸은 살림 밑천이라 하지 않 터이까? 난 내리 시꺼먼 아들만 두었는데 이제 어여쁜 며늘아기에 이어 손녀딸이 생겨 얼마나 기쁜지 모릅니다. 어여 아기 이름이나 하나 지어주세요."

어여쁜 며늘아기는 맞는데 그 손녀딸이, 자신의 손녀딸이 영… 마뜩지 않았다.

영의정의 손녀딸이 삼간택에 올랐다. 당연한 일이었다. 어려서부터 총명하여 천자문을 네 살에 떼고 공자, 맹자에 대학을 공부했다 했다. 여식이 '대학'이라니… 그뿐이랴? 사임당의 후손이 아니랄까? 서화에도 능하고, 가야금을 타면 지나가던 행인들이 넋을 놓고 어디 가던 길인지 까맣게 잊고 가야금 소리에 시간 가는 줄 모르고 서 있곤 한다 했다. 다음 대통을 이을 왕세자비로서 손색이 없었다.

당연한 수순으로 영의정의 손녀딸은 세자빈으로 간택되었다. 그 아비가 관직에 나가지 못한 것이 차라리 잘된 일이었다. 영의정의 아들들은 다 준수하고 학문에 능하였으나 어쩐 일인지 과거에는 빈번히 낙방하여 높은 관직에 나간 아들이 없었다. 장남은 그중 학문이 못 미쳐 성균관에서도 내놓다시피 하였다. 그나마 아비가 영의정인지라 선생들은 그저 내쫓지 않고 학생 자리 하나 내어준다 생각하였었다. 세자빈의 아비가 높은 관직에 있었다면 세자빈으로의 간택에 큰 걸림돌이 되었을 것이었다. 현 임금이 외척이 득세하는 것을 무척 꺼려한다는 것을 누구나 알고 있었기에. 할애비가 현재 영의정이지만 그도 노쇠하여 관직을 물리고 낙향할 것을 국왕께 거듭 청을 놓고 있는 터라 크게 흠이 되질 않았다.

세자와 세자빈의 가례가 있고 얼마 후 영의정은 관직을 내놓고 부인과 고향인 전라도로 향했다. 한양의 집은 큰아들 내외가 관리하며 차차 그 살림살이를 줄이기로 하였다. 큰아들 내외는 한사코 부모를 따라 낙향할 것을 고집하였으나 그렇게 되면 세자빈의 친정이 너무 멀어지는 거라 세자빈이 외로울 터이니 당분간은 한양에 머물라 이르렀다.

참으로 오랜만에 돌아온 고향이었다. 이른 나이에 과거에 급제해 고향을 떠나 한양에 둥지를 틀었다. 부모님도 한양으로 모셨고 한양에서 돌아가셨다. 선산이 이곳 전라도 땅이었으나 산소를 돌보기 너무 멀어 한양에서 멀지 않은 용인에 부모님 묘를 썼다. 이제 다시 이 전라도 땅으로 왔으니 부모님 묘를 이장해야 하는 걸까?

아버님이 태어났고 자신이 태어난 집은 아직도 깔끔히 잘 관리되어 있었다. 집에 딸린 땅이 있어 마름에게 거저 땅을 부치고 집을 관리하라 했더니 한시도 소홀히

하지 않았나 보다.

노부부와 가솔 10여 명이 들어서서 보니 미리 기별을 받아 쓸고 닦고 하였는지 마루며, 방바닥이며 먼지 한 알 없었다.

"에구! 대감, 집이 아직도 너무 곱구려!"

"그러게나 말일세! 내 이 집에서 태어나 스무 살 청년까지 지내다 과거에 급제하여 한양으로 올라간 후 한 번 내려와 본 적이 없으니 이게 몇 년 만에 돌아온 것인가? 참으로 새삼스럽네!"

왠지 손녀딸을 한양의 대궐에 버려두고 온 것 같아 마음이 허전했다. 자신의 돼지코를 닮은 손녀딸. 그 마뜩잖아했던 아기는 커가면서 이목구비가 완전히 달라졌다. 애들은 12번 변한다 했던가? 돼지코가 오므라들어 도톰하니 예쁘장해지더니, 콧대는 낮았으나 눈이 동그래지고, 목도 여전히 가늘지만 길어졌다. 다만 병치레가 잦아 고뿔을 달고 살아 별당에는 한약 달이는 냄새가 가시는 일이 없었다. 며늘아기는 그 후 아들을 셋이나 줄줄이 낳아주었고, 모두 준수하고 늠름했다. 무엇보다 우애가 깊고 병약한 누나를 챙기는 데 여념이 없었다.

흐뭇했다. 잘못 살지 않았다는 생각에 입이 벙그르 벌

어졌다. 누이가 세자빈이 된 것이 그들에게 독이 될지 약이 될지 모르겠으나 손자 녀석들은 잘해낼 것이다.

세자빈은 초경전에 간택되어 궁으로 들어갔다. 당연히 합방은 나중 일이었다. 세자와 세자빈은 동갑내기 친구였다. 세자빈은 겉보기는 야리야리하여도 심지가 올곧았다. 아무리 세자라 하여도 말실수를 하면 넌지시 선현의 말을 빌려 세자의 실수를 바로잡아 주었다. 세자는 세자빈이 그리하여도 자존심이 상하거나 하지 않았다. 그동안 또래 동무가 없이 모두 나이 든 선생들이 이리 하라, 저리 하라 하였는데 동갑내기 친구와 말을 하니 서로 통하는 바가 많았다. 서로 읽은 서책의 내용을 이야기하며 시간 가는 줄 몰랐다. 게다가 세자빈은 서화에도 능하여 세자빈이 난초를 그리면 난초 향이 방에 그윽이 감도는 것 같았다.

조급한 건 다른 이들이었다. 이제나, 저제나 세자빈이 초경을 치르길 기다리는 이들이 많았다. 이제는 더 이상 기다릴 수 없으니 세자빈과 같이 궁에 들어온 두 후궁과 세자를 합방시켜야 한다는 상소문이 줄을 이었다. 왕께서 넌지시 세자에게 말을 비추었으나 세자는 단호히 고개를 저었다. 본인의 몸이 아직 성숙하지 않아 여인을 품을 수 없다 답하였다.

궐내의 모든 이들이 조바심에 안달이 날 즈음 세자빈이 드디어 달거리를 하였다.

대왕대비는 점복을 믿는 이였다. 꿈을 꾸면 꼭 '연'을 불러 꿈을 해몽하게 하였다. 그리고 신기하게도 연이 해몽하는 대로 일이 일어났다. 연은 대왕대비와 기구하게 인연이 엮인 점술사라 할 수 있었다.

"자네, 말일세. 내가 꿈을 꾸었는데 아무래도 세자빈의 태몽을 내가 대신 꾼 거 같아. 꿈속에 내가 냇물 가에 서 있었는데 커다랗고 큰 복숭아가 떠내려오더란 말이지. 그래서 그 복숭아를 냉큼 내 치마폭에 감싸안았네. 분명 태몽이지? 세자빈이 아들을 낳을 태몽이지?"

"예, 맞사옵니다. 세자빈마마의 태몽을 대신 꾸신 겁니다. 세자빈께서 반드시 사내아이를 생산하실 겁니다."

"그렇지? 그렇지? 내 꿈이 우리 세자빈이 왕자를 생산할 꿈인게지?" 대왕대비는 얼굴을 환하게 하며 웃었다.

"근데 대왕대비마마 소인도 꿈은 꾸었습니다. 근데 그게…."

"그래 자넨 무슨 꿈을 꾸었나?"

"그게…."

"어서 말해보게 답답할세…."

"제 꿈에 삼천리 방방곡곡의 산신들이 나타나 노여워하시며, 이 나라가 공자, 맹자만의 나라인가? 공자, 맹자가 어느 나라 귀신인데 공자, 맹자에게만 절하면 될 줄 아느냐고 노하셨습니다."

"뭐… 뭐… 산신들이 노하셨다고…." 대왕대비의 손이 덜덜 떨렸다. '어떻게 하여 하나 건진 아들인가? 어떻게 하여 왕위에 올린 아들인가? 지금 그 아들의 아들과 며느리가 다시 이 나라의 대통을 이을 왕자를 태중에 품었는데 산신들이 노하셨다니… 이를 어쩐단 말인가?'

"어떻게 하면 되나? 어떻게 하면 산신들의 노여움을 풀 수 있겠나?"

"제 생각에는 삼천리 방방곡곡의 봉우리에 쌀 한 가마와 비단 한 필을 올려 제를 지내는 게…."

'삼천리 방방곡곡의 봉우리라니 도대체 이 나라에 산봉우리가 얼마나 많을 터인데 거기에 쌀 한 가마니와 비단 한 필이라니… 그래도 해야 한다! 해야 한다면 해야지….'

우선 대왕대비의 내탕금을 풀었다. 내탕금은 금방 바닥이 났다. 대왕대비는 신하들을 부르기 시작했다. 대왕대비는 지위 고하를 막론하고 이 나라 대통을 이으려면 경들이 협조를 해야 한다고 쌀과 비단을 바치라 했다. 주저하는 신하들에게는 대왕대비의 불호령과 손에 잡히는 물건들이 날아갔다. 심지어 벼루에 머리를 맞아 피를 흘리며 대왕대비전을 빠져나가는 신하들마저 생겼다. 어찌 되었든 삼천리 방방곡곡의 봉우리마다 쌀 한 가마니와 비단 한 필이 바쳐졌다. 백두산에서 한라산 봉우리까지.

드디어 산실이 차려졌고, 세자빈은 빈전에서 조용히 아랫배에서 찌르르 시작하는 산통을 참다, 참다 빈전을 떠났다.

'사가의 여인들은 밭에서 김을 매다가도 땅바닥에서 몸부림치다 아기를 낳는다 들었다. 경황이 있어 집으로 기다시피 무거운 배를 안고 온 여인들은 문 앞에 놓인 자신의 짚신을 보며 내 다시 이 신을 볼 수 있을까 하며 방으로 기어 들어가 아기를 낳는다 들었다. 자신은 얼마나 복을 받아 이런 행복을 누린단 말인가?'

세자빈은 입에 무명천을 물고 양손에 대들보에서부터 묶어 내린 긴 흰 천을 거머쥐고 몸을 비틀었다. 아기는 쉽사리 나오지 않았다. 기진맥진하였다. 마침내 검은 머리가 비치자 노련한 의녀가 손을 집어넣어 아기를 꺼냈다. 사내아이다. 고추 달린 사내아이.

의녀가 재빨리 아기를 흰 천에 싸 병풍 너머 어의에게 넘겼다. 손가락 열 개, 발가락 열 개, 손가락과 발가락 개수를 세며 애기씨의 몸을 세세히 살피던 의관이 경악했다. 애기씨의 몸에 꼭 있어야 할 것이 없다. 이를 어쩐단 말인가? 애기씨는 우렁차게 울었다. 어의의 얼굴이 새파랗게 질렸음에도 여기저기서 안도의 한숨과 감축드린다는 말이 오갔다. 금세 궐내에는 세자빈이 건강한 사내아이를 낳았다는 소문이 돌았고 기쁨에 술렁거렸다.

대왕대비는 사내아기의 우렁찬 울음소리가 산실 전각 안에 퍼졌다는 전갈을 받고 미소 지었다. 삼천리 방방곡곡 봉우리마다 올린 쌀 한 가마니와 비단 한 필이 전혀 아깝지 않았다. 궐의 빈 곳간은 다시 채우면 그만이다. 내 아들이 왕좌에 앉아 있고 내 손자가 다시 아들을 얻었는데 무엇이 두려우랴?

"마마, 어의가 급히 뵙기를 청 하시옵니다."

"그래, 어서 들라 해라."

"수고 많았소, 수고 많았소…."

"그런데… 마마, 송구하옵…게도… 애기씨가, 왕자애기

씨가…."

"내 왕손이 왜? 무슨 변고라도?"

"그게 애기씨 몸에…."

"왕손의 몸에 뭐가 잘못이라도 됐다는 말이요? 답답하이, 어서 말하시게!"

"저 애기씨 몸에 항문이 없…사옵니다."

'뭐? 뭐? 항문이? 이 무슨 해괴한 말이란 말인가?' 여태 60 평생을 살았어도 항문이 없는 아이가 태어났다는 이야기는 들어보질 못했다. '항문이 없는 아기라…니…? 이 무슨 해괴한 일인가? 이 무슨 변고란 말인가? 이럴 수는 없다. 이럴 수는 없어….'

"그… 그럼 어떻게 해야 하나? 탕약으로 해결이 되나? 침이나 뜸으로 해결이 되겠나?"

"그게… 그게 그러긴 힘들 듯…하…옵니다. 다만… 다만…."

"다만, 뭐? 뭐? 빨리 말해보게. 내 숨이 넘어가겠네."

"양의에게 보여보심…이….'"

"뭐~라? 양의?" 대왕대비의 목소리가 대비전 문지방을 넘어갔다.

"소신이 들은 바에 의하면 양의들은 칼을 써 배를 갈

라 곪은 곳을 도려내고 다시 봉합하는 재주를 가졌다고 합니다. 애기씨의 몸에 항문을 내어줄 수도….”

“뭐~라? 왕족의 몸에 칼을 대? 네 정녕 목숨이 몇 개가 된다더냐? 어서 가서 탕약을 처방하고 침과 뜸으로 애기씨의 몸을 뚫어야 하느니라. 그리 못하면 내 너의 삼족을 멸할 것이다.”

대왕대비의 얼굴은 마치 사나운 호랑이 같았다. 어의는 사시나무 떨듯 떨며 자리에서 물러났다. ‘이…럴 수가! 이럴 수는 없다! 항문이 없다니, 내 왕손의 몸에 항문이 없다니… 이런 변고가….’

“어서 연이를 불러라 어서!” 대왕대비는 포효했다.

“내 너의 말을 믿고 전국 방방곡곡의 산봉우리마다 쌀 한 섬과 비단 한 필을 올렸다. 근데 오늘 태어난 내 증손의 몸에 항문이 없다는구나. 어떻게 된 일이냐?”

연은 ‘오늘 내가 여기서 죽겠구나.’ 하며.

“대왕대비마마! 죽여주시옵소서. 제 정성이 부족하여 산신들께서 노여움을 푸시질 않으셨나 보옵니다.”

“그래 맞다. 네 정성이 부족했던 거다. 네 정성이! 내 자존심을 굽히고 신하들에게 쌀과 비단을 구걸했다. 근

데 왕손이, 내 왕손의 몸에 항문이 없다. 다 네 죄다. 여
봐라! 이년을 당장 옥에 처넣고 혹여나 내 증손에게 무
슨 일이 생기면 사지를 찢어 죽여라!" 다시 한번 대왕대
비는 두 눈을 번뜩이며 포효했다.

어의들은 갓 태어난 아기에게 침을 놓고 뜸을 뜨고 탕
약을 먹였다. 어린 아기의 배는 점점 부풀어 올랐고 울음
을 그치지 않았다. 세자와 세자빈은 아기의 얼굴조차 볼
수 없었고, 왜 어의들이 아기를 데려가 내놓지 않는지도
몰랐다.

세자는 세자빈의 손을 잡으며 아무 일 없을 거라고,
아무 일 없을 거라고 온 궐 안에 아기의 씩씩한 울음이
울려 퍼지고 있으니 걱정 말라 하였다. 왕실의 여인이라
하여도 산후 특별한 보양식을 먹는 건 아니었다. 대신
수시로 미역국을 들였다. 출산 후 왕실의 여인들은 미역
국과 사투를 벌인다 하여도 과언이 아니었다. 하루에 한
두 번이라면 모를까 다섯 끼를 미역국을 먹으려니, 멀리
미역국 상이 들어오기도 전에 바다 비린내가 역하게 느
껴졌다.

무슨 변고가 있는 것이 틀림없다. 왜 아기를 안 보여주
는 것인가? 미역국을 하루 열 그릇이라도 먹고 벌떡 일

어나 내 아기를 보러 가야겠다고 생각하며 미역국을 들이켰다. 세자가 마침 빈전으로 들어왔다.

"아기, 왕자를 보셨습니까?"

"아니요, 어의들이 가로막고 들여보내질 않습니다."

"그럼 어의들 말고 아기를 본 이가 왕실에 아무도 없다는 말입니까?"

"그게… 그렇습니다….."

이건 말이 안 된다. 삼 일이다. 삼 일 동안 왕실의 아기를 어의들만이 보고 그 부모에게 보여주질 않다니.

"국왕 폐하와 대왕대비께서도 아기를 못 보셨단 말입니까? 아니 되겠습니다. 가셔요. 같이 가셔요. 우리 아기를 보러 가셔요."

세자빈은 벌떡 일어났다.

"잠시 나가 계셔요. 제가 얼른 채비를 하겠습니다."

서둘러 옷을 갈아입은 세자빈과 세자가 어의들의 전각으로 향했다. 전각 밖으로 아기의 울음소리가 우렁차게 흘러나왔다. 안심이 되었다. 아기는 아직 무사하다!

세자와 세자빈의 출현에 어의들은 당황한 듯했다. 어의들이 급히 나와 세자와 세자빈을 맞으며 말했다.

"대왕대비마마의 명이십니다. 아직 애기씨를 보여드릴

수 없습니다."

세자와 세자빈은 아무 말 않고 아기의 울음소리가 나는 곳을 향했다. 비단 보자기에 쌓인 아기가 울고 있었다. 아기에게 다가간 세자와 세자빈은 아기의 얼굴을 보고 깜짝 놀랐다. 아기의 얼굴이 새까맣게 타들어 가고 있었다. 세자빈은 얼른 아기를 안았다. 아기를 어르면서 어의를 향해 말했다.

"도대체 아기에게 어떤 변고가 있는 겐가?"

"그것이… 그것이… 황공하옵게도 애기씨 몸에… 애기씨 몸에 항문이… 항문이 없…사옵니다."

세자빈은 갑자기 천장이 빙빙 도는 것 같았다. 세자가 황급히 아기를 빼앗듯 안으며 아기를 싸고 있던 비단 보자기를 풀었다. 아기의 배가 빵빵하게 부풀어 있었다. 여기저기 침을 놓고 뜸을 놓은 자리가 보였다. 얼른 기저귀를 걷어내고 엉덩이를 보았다. 이럴 수가! 정말, 정말 동글동글 어여쁜 아기의 엉덩이에는 마땅히 있어야 할 항문이 없었다.

"이 사실을 웃전에서도 아시느냐? 어마마마, 아바마마도 아시느냐?" 세자의 질문에 어의가 떨리는 소리로 답했다.

"오직 대왕대비마마께 알렸…사…옵니다. 대왕대비마마의 함구령에 궐내에는 저희 어의 몇 명만이 알고 있사옵니다."

"그래, 무슨 방도가 있더냐? 아기를 살릴 방도가 있더냐?"

머뭇머뭇 어의가 답했다.

"저희로서는 최선을 다하였으나 막힌 항문을 뚫을 수는 없었사옵니다. 황송하옵니다."

"그래, 정녕 방법이 없다는 것이냐?"

"그것이… 그것이… 대왕대비마마께도 여쭈었…사온데… 양의에게 보이심이…."

"양의?"

"예. 세자 전하. 양의들은 칼로 사람의 배를 째 그 속의 고름을 제거하고 다시 꿰맨다고 들었습니다. 그렇다면 세손의 몸에 칼로…."

"양의라… 칼로 세손의 몸에 항문을 만든다… 그래 할마마마는 뭐라 하시더냐?"

"아뢰옵기… 황공하오나… 대왕대비께서 진노하시어 침과 뜸, 탕약으로 치료하시라 했…사옵니다."

"그래 사흘 동안 어떤 치료를 했는가?"

어의는 대답을 못 하고 엎드려 바들바들 떨기만 하였다.

"마마, 제가 할마마마를 뵙겠습니다. 양의에게 세손을 보이자 청하겠습니다." 스러져 가는 기운을 끌어모으며 세자빈이 세자에게 말했다.

"갑시다. 갑시다. 같이 할마마마를 뵈러 갑시다."

세자가 앞장섰다. 이제 겨우겨우 울음소리를 내고 있는 얼굴이 새까맣게 타들어 가고 있는 아기를 세자빈은 품에 안고 세자를 따랐다.

"대왕대비마마, 세자, 세자빈께서 뵙기를 청하시옵니다."

안에서는 아무 답이 없었다. 우는 아기를 안은 세자빈이 문 앞에 털썩 주저앉아 외쳤다.

"할마마마! 할마마마! 세손을 살려주시옵소서. 양의를 들라 하여 세손을 보여주시옵소서!"

안에서는 아무 대답이 없었다.

"석고대죄를 할 것이다. 대왕대비전 앞에 멍석을 깔아라." 세자가 무겁게 말했다.

세자와 우는 아기를 안은 세자빈이 대왕대비전 앞마당에 멍석을 깔고 흰 속옷만을 입은 채 머리를 내리고 꿇어앉았다. 아기는 세자빈 품 안에서 끝없이 울어댔다. 그래도 대왕대비전 전각의 미닫이문은 굳게 닫혀 열리지 않았다.

왕과 왕비가 납시었다. 석고대죄를 하고 있는 세자와 세자빈을 보고 대왕대비전에 뵙기를 청했다. 방 안에서는 아무런 답이 없었다. 저녁상이 대왕대비전에 당도했으나 대왕대비전의 문은 열리지 않았다. 상을 가져온 나인은 미닫이문 앞에 상을 놓고 무릎 꿇고 앉아 하명을 기다렸다.

국왕과 왕비는 그 상 뒤에 서서 대왕대비전의 미닫이문이 열리기를 기다렸다. 밥과 국, 찬이 식었다. 나인은 상을 가지고 가 잠시 후 다시 김이 무럭무럭 나는 탕을 올린 상을 가져와 고했다. 그래도 굳게 닫힌 대왕대비전의 문은 미동도 하지 않았다. 어둠이 내렸다. 아기의 울음도 잦아들었다. 멍석 위에 아기를 안고 꿇어앉은 세자빈은 까무룩 잠깐, 아주 잠깐 꿈을 꾸었다. 아기는 방긋방긋 웃으며 세자빈의 가슴을 간질였다. 부푼 젖을 아기의 입에 물렸다. 아기가 입술을 오물거리며 젖을 빨았다. 온몸이 아기의 몸속으로 빨려 들어가는 것 같았다. 행복했다. 아기의 얼굴은 하얗고 입술은 그야말로 경복궁 한구석 앵두나무에 달린 앵두같이 빨갰다. 눈을 퍼뜩 떴다. 아직은 아기가 숨을 쉬고 있었다. 겨우겨우 밥은 숨을 내쉬며 울음인지, 숨인지 모를 소리를 내고 있었다. 꿈속과는 달리 아기의 얼굴은, 아기의 입술은 새까맸다. 세자빈은 얼른 옷고름을 풀고 아기에게 젖을 물렸다. 아기가 젖을 빨았다. 꿈속에서와 같은 희열이 느껴졌다. 온몸이, 내 온몸이 아기와 하나가 되고 있었다. 그 어떤 신이 있다면 저를 데려가시고 이 아기를 살려주세요. 삼신할머니, 이 아기를, 제 아기를 살려주세요. 세자빈은 어릴 때 할머니가 장난삼아 자신을 놀리며 하던 이야기가 떠올랐다. "너 낳았을 때 얼마나 못났는지 아느냐? 얼마나 못났으면 네 할아버지께서 네 아명을 '넙죽이'라고 했단다. 첫울음도 제대로 못 내지르는 것이 곧 숨이 끊어질 거 같아 할아버지께서 강화로 추수하러 가시면서 너 죽으면 거적때기에 싸서 윗목에 밀어놓으라 했단다. 그래도 삼신할머니께서 너를 돌봐 네 명줄이 여태 이어졌지…"

'삼신할머니! 이번에는 이 아기 명줄을 이어주세요. 제 명줄을 잘라 제 아기에게 주세요.' 세자빈은 빌고, 또 빌었다. 젖을 먹고 아기는 잠들었다. 사방은 괴괴히 조용하였다. 멍석 위에 꿇어앉은 세자와 세자빈의 다리는 이미 감각이 없어진 지 오래었다. 대비전 앞마당에 국왕을 수

행한 나인들이 등롱을 밝혔다. 대비전 안에서는 불빛 한 점 흘러나오지 않았다. 국왕과 중전은 장승처럼 서 있었다. 대비전과 그 부속 전각들은 침묵에 잠겨갔다. 커다란 배가 깊이를 알 수 없는 바닥으로 서서히 침몰하고 있었다.

어느덧 파루의 북소리가 울려 퍼졌다. 새벽의 여명이 대비 전 앞마당에 빛을 가져왔다. 아기가 세자빈 품 안에서 꿈틀거리며 다시 울음을 토해냈다. 아직 살아 있다. 그러나 그 울음소리가 전날만 하지 못했다. 세자빈은 다시 옷고름을 푸르고 이번엔 오른쪽 젖꼭지를 아기에게 물렸다. 아기는 다시 젖을 빨았다. 어제보다 힘이 약해진 듯하나 그래도 오물오물 젖을 빨아 목젖을 깔딱이며 젖을 삼켰다. 기쁨의 눈물이 흘렀다. 아직 내 아기는 살아 있다. 아직 기회는 있다. 삼신할머니가 이 아기를 데려가시진 않을 것이다. 절대 이 아기는 못 내놓는다. 세자빈은 이를 악물었다.

"할마마마. 세손을 양의에게 보이도록 허락해 주시옵소서! 세손을 살려주시옵소서!" 궁에 들어와 이렇게 큰 소리를 낸 것이 처음이다. 아니 살아오면서 이리 큰 소리를 내어본 적이 없었다. 병약한 그녀를 어린 남동생들도 어려워해 그녀의 뜻을 거스르는 일이 없었다. 남동생들과 큰소리 내어 싸워본 적 또한 없었다. 옆에서 세자가 소리쳤다.

"할마마마. 통촉해 주시옵소서!" 세자의 굵은 목소리가 대왕대비전을 돌아 그 부속 전각을 에둘러 메아리쳤다. 그러나 묵묵부답이었다. 몇 시진이 흘렀을까? 대왕대비전은 문을 걸어 잠근 채 어제저녁부터 상을 들이지 않았다. 국왕은 문 앞에서 통곡했다.

"어마마마! 어마마마! 문을 열고 상을 들이시옵소서. 수라를 드셔야 합니다. 어마마마! 어마마마!" 이 나라 제일 지존의 통곡에도 굳게 닫힌 문은 열리지 않았다. 다시 어둠이 내려앉았다. 세자빈은 다시 언뜻 꿈을 꾸었다. 어머니였다. 어머니가 포근히 그녀를 감싸안으며 등을 다독여 주시며 말했다.

"수고했다. 수고했다. 수고했다. 이제 그만하거라." 퍼뜩 고개를 들며

"어머니, 어머니, 아닙니다, 그만하라니요, 아니됩니다! 아니됩니다!" 그러면서 아기를 그러안았다. 아기가 움직이지 않는다. 울지도 않는다. 잠이 들었나? 무서워서, 너무나 무서워서 아기를, 아기 얼굴을 볼 수가 없었다. '그

래 아기가 잠이 든 게야. 젖을 배불리 먹고 잠이 든 게야. 그렇지? 그렇지? 우리 아가. 우리 아가 이름을 부왕께서는 뭐라 지어주실까? 세손이 크면 애기해 줘야지. 이 어미 아명은 '넙죽이'였다고.' 이제 아기 얼굴을 볼 용기가 생겼다. 아기 얼굴은 이제 평온하다. 검은 기운이 많이 가시었다. '속눈썹이 길구나! 아기 얼굴은 세자마마를 많이 닮았네. 할마마마를 닮은 구석이 있었다면 할마마마가 많이 귀여워해 주실 텐데.' 하며 얼굴을 아무리 요리조리 보아도 할마마마를 닮은 구석이 없었다. 할머니가 그러셨다. 애들 얼굴은 열두 번 변한다고. 우리 세손도 커가면서 얼굴이 많이 변하겠지. 아기를 더 끌어안았다. 아기는 미동도 안 했다. 그리고 그때 무언가 섬뜩한 기운이 등줄기를 타고 흘렀다. 아기가, 아기의 체온이 느껴지지 않았다. '조금 전까지만 해도 품 안의 아기의 따뜻한 기운이 느껴…졌었는데….'

"아가, 아가, 아가, 아가." 처음에는 가만히 점점 크게 소리 내어 아가를 외쳤다. 이윽고 세자빈의 입에서 울음이 터져 나왔다.

"아가~ 아가~ 아가~." 옆의 세자가 황급히 아기를 받아 안았다. 아기의 코에 손을 대어보았다. 아기를 감싼 비단 천을 벗겨 아기의 배에 손을 대어보았다. 아기의 배는 전혀 오르락내리락하지 않았다. 세자도 외쳤다. "아가, 아가, 아가~."

국왕의 입에서도 헉! 하고 울음소리가 터져 나왔다. 중전이 무릎을 꺾으며 주저앉아 울음을 터트렸다. 대비전 마당에 나열해 있던 나인들이 땅바닥에 무릎을 꿇고 엎드려 울음을 터트렸다. 그들의 울음소리 가운데 세자빈의 절규가 있었다. "아가, 아가, 아가, 아가~." 세자빈의 절규가 하늘에 닿았다. 후두둑 빗방울이 떨어지기 시작했다.

대왕대비는 내내 방에 불도 밝히지 않은 채 방 안에서 두 손을 그러쥐고 속으로 되뇌었다.

'흔들리면 안 된다. 내가 흔들리면 아니되지…. 그냥 문 걸어 닫고 버티면 된다. 내 그 돼먹지 않은 내 아버지 친구의 영혼을 궁에 불러들일 수는 없지.' 하고.

세자와 세자빈의 첫아들이 그렇게 허망하게 세상을 떠나고 세자빈이 이듬해 다시 임신을 했다.

대왕대비는 새로운 점술사 심을 대비전으로 불러들였다.

“그래. 세자빈 복중에 아기가 여자 아기냐? 아님 남자 아기냐?”

심은 잠시 침묵하더니

“송구스러우나, 공주마마이십니다. 하지만 걱정 마시옵소서. 세자빈께서는 곧 다시 수태하시어 왕손을 낳으실 것입니다.”

“그래? 뭐! 곧 다시 수태해서 왕손을 낳는다면…야…”

“근데….”

“근데, 뭐냐?”

“공주애기씨가 질투가 심하시어 태어날 동생애기씨가 치이실 거 같습니다.”

“뭐라고 공주가 질투가 심하여 왕손이 치인다고?”

“예. 공주애기씨의 총명함이 뛰어나 왕손께서 기를 못 펴실 것입니다.”

“그… 그러면 안 되지. 감히 계집아이가 내 왕손을 누른다니! 그건 있을 수 없는 일이지… 그럼 어찌한다?”

“멀리 내치시옵소서. 공주애기씨의 기운이 동생애기씨에게서 멀어져야 왕손께서 기를 펴실 것입니다.”

이를 어쩐다? 어떻게 핏덩이를 지 에미한테서 떼어낸단 말인가? 지난번 일이 있고 얼마 있지 않아 다시 세자빈이 입덧을 시작하여 얼마나 반가웠던지. 약간의 미안함이 없지는 않았으나 왕실의 위엄을 지켜냈고 다시 세자빈이 수태를 하였으니 걱정이 없었다. 근데 태어날 아기가 여자 아기이고, 기가 세어 멀리 보내야 내 세손이 기를 편다니….

　세자빈은 신물을 삼키고 억지로 먹었다. 지난번처럼 뭐든 먹으면 배 속은 음식을 받아들이려 하지 않았으나 천천히 침을 삼키고 뭐든 꼭꼭 씹어 삼켰다 되돌아오는 신물을 다시 삼켰다. 그래도 행복했다. 아기가 발로 배를 찼다. 지난번보다 순했다. 여자아기인지 직감했다. 세자는 부풀어 오르는 아내의 배를 만져주며, 이제 표주박만 해졌다. 이제는 민가의 초가집에 덩굴째 올라앉은 호박만큼 커졌다 하면서 벙싯벙싯 웃어주었다. 산달이 가까워지자 산실청이 세워지고 아기 낳을 전각이 정해졌다. 일찍 세상이 보고 싶은 성급한 아기였다. 지난번 보다 훨씬 수월하게 아기는 세상에 나왔다. 힘찬 울음소리를 듣고 안심했다. 아기는 아기를 받은 여의녀의 손에서 어의의 손을 거쳐 다시 세자빈에게 돌아와 세자빈 가슴에 얹어졌다. 아기가 꼬물거렸다. 눈물이 났다. '어머니, 어머니 드디어 제가 해냈습니다. 어머니… 그동안 얼마

나 심려가 많으셨어요…. 못난 딸자식이 이제서야 진짜 어미가 되려나 봅니다.'

아기는 백일을 무사히 넘기고 돌을 맞이했다. 왕실의 기쁨이었다. 비록 여아이나 얼마 만에 왕실에 어린 아기가 생긴 것인가? 국왕께서는 아기의 돌잔치를 크게 열라 명하였고 근정전 앞마당에서 잔치를 열라 하셨다. 문무백관들이 모였다. 국왕과 중전, 세자와 세자빈, 공주애기씨가 나란히 잔칫상 앞에 앉았다. 물론 가장 상석에는 대왕대비가 자리했다. 손녀딸을 바라보는 국왕의 눈에 꿀이 뚝뚝 떨어졌다. "어서 우리 공주 아가 한번 안아보자." 공주를 안은 국왕이 공주를 뒤로하여 무릎에 앉히며 공주의 얼굴을 문무백관들에게 보여주었다.

"우리 공주 뭐를 줄까? 이 할아비가 무얼 줄까?" 상 위의 음식들을 가리키며 국왕이 공주를 얼렀다.

상은 돌잡이상이었다. 각종 떡과 과일, 고기, 생선과 같은 음식뿐 아니라 지필묵과 활 등도 놓여 있었다. 그런데 공주는 한사코 몸을 돌려 국왕에게 바로 안기려 했다. 할 수 없이 국왕이 공주를 돌려 품 안에 안았다.

"허허 이 녀석이 국왕만을 원하는구려!" 왕이 웃으며 말했다. 문무백관들도 따라 웃었다. 대왕대비의 눈초리만 싸늘했다.

세자빈이 다시 수태를 했다. 경사였다. 모두 이번에는 왕자애기씨의 탄생을 바랐다. 세자는 느긋했다. 자신도 세자빈도 아직 젊고 건강하니 뭐가 걱정이냐는 것이었다. 자식은 많을수록 좋지 않나? 둘의 금실이 좋으니 뭐가 걱정인가?

산실청이 차려지고 다음 애기씨를 낳을 전각이 정해지고 모든 것이 순조로이 진행되었다. 이번에는 아기가 순순히 나와주질 않았다. 의녀가 까만 아기의 머리가 나오기 시작하자 억지로 아기의 어깨를 돌려 빼내었다. 왕자애기씨라 공주애기씨보다 어깨가 넓어 아기를 빼내기가 수월치 않았다. 어의가 꼼꼼히 애기씨의 몸을 살피고 고개를 끄덕이고 입안의 이물질을 제거하고 나서야 세자빈에게 아기가 돌아왔다. 묵직했다. 공주 아가보다 훨씬 무게감이 있었다. 다시금 행복이란 것이 이런 것이구나 하고 눈물이 핑 돌았다.

대왕대비는 다시 심을 불러들였다.

"그래! 꼭 공주를 궁에서 내쳐야겠느냐?"

"빠르면 빠를수록 좋습니다."

대왕대비는 국왕을 불러들였다. 공주를 멀리 궐 밖으

로 내보내라는 대왕대비의 말에 국왕은 넋을 놓았다. 그리 고물거리고 어여쁜 공주를 멀리 궐 밖으로 내치시라니…. 대왕대비의 뜻은 완강했다. 자신의 뜻을 따르지 않으면 당장 곡기를 끊겠다고 으름장을 놓는 대왕대비의 말에 말문이 열리지 않았다.

세자빈은 어린 공주를 끌어안고 버텼다. 이제 두 돌을 막 넘긴 세 살짜리 금지옥엽을 누가 빼앗아 간단 말인가? 상궁 둘이 억지로 두 팔을 뜯어내며 아기를 빼앗아 갔다. 세자빈은 절규했다.

"아가, 아가, 공주야! 내 공주야, 내 딸! 내 딸을 데려와라!" 아기의 울음소리가 멀어졌다. 허망했다. 아기를 빼앗긴 텅 빈 두 팔이, 가슴이 허전했다. 안 된다, 안 된다. 이리 내 아기를 또 빼앗길 수는 없다. 버선발로 뛰어나갔다. 뒤에서 나인들이 뒤쫓아 왔다. 태어나 숨차게 달려 본일이 없었다. 아기의 울음소리가 사라진 방향으로 무조건 뛰었다. 수문장들이 가로막았다. 눈에서 불꽃이 일었다. "비키거라. 네놈들의 모가지가 성하려면 내 앞길을 막지 말거라!" 소리치며 뛰었다. 가슴이 빠개지듯 아파왔다. 상관없다. 내가 여기서 피를 토하고 쓰러져도 내 아기를 빼앗기지는 않을 것이다. 저기 내 아기가 버둥거리며 엄마를 향해 손을 뻗으려 하고 있는 것이 보였다. 그래, 그래 조금만… 조금만…. 자꾸 거리가 벌어졌다. 안 된다. 안 된다…. 두 발아! 두 다리야! 조금만, 조금만 더 힘을 내자구나. 뛰고, 뛰고 또 뛰었다. 아기를 안은 상궁과 또 다른 상궁과의 거리가 좁혀지는가 싶었다. 상궁 둘이 궁의 서쪽 문을 통과하였다. 수문장들은 공주가 발버둥을 치는데도 아무 제지도 하지 않았다. 마침내 세자빈도 문에 도달했다. 수문장들이 창으로 가로막았다.

"뭐하는 게냐! 어서 비키거라." 숨이 차 헉헉거리며 말했다. 2명의 수문장은 가로막은 창을 거두지 않았다. 그 사이 두 상궁은 멀어져 갔다.

"비키거라! 그 창을 거두지 않고 뭐 하는 거냐! 너희가 정녕 목이 두 개라더냐." 더 이상 아기의 울음소리가 들리지 않았다. 마음이 조급해졌다. 몸을 내던졌다. 얼떨결에 수문장 둘이 자빠졌다. 세자빈도 엎어졌으나 곧바로 몸을 일으켜 뛰었다. 아기가, 상궁 둘이 어디로 사라졌는지 보이질 않았다. 여긴 서촌이다. 내관들 즉 내시들의 집이 모여 있는 곳이다. 내 아기를 안고 뛰던 두 상궁이 어느 골목으로 사라졌는지 도통 감이 잡히질 않았다. 뛰고, 뛰고 또 뛰었다.

"아가! 공주야! 공주야, 보리공주~!" 적막한 골목골목에 세자빈의 울음 섞인 절규만이 울렸다. 뒤이어 군졸과 나인들이 세자빈을 에워쌌다. 세자빈은 땅에 철퍼덕 주저앉았다. 정신이 가물가물해졌다.

아이의 이름은 보리였다. 들판의 푸른 보리. 보리는 명석하였다. 증손녀를 무릎에 앉히고 천자문을 가르치며 과거 넙죽이 손녀의 딸을 무릎에 앉히고, 손녀에게 천자문을 가르쳤던 생각에 검버섯이 얼굴에 가득 핀 과거의 영의정은 웃음 지었다. 자신의 돼지코를 닮았던 넙죽이 손녀딸, 그 손녀가 세자빈이 되어 궁으로 들어가고, 낙향을 하여 오늘날까지 고향에서 소일거리 삼아 동네 아이들에게 천자문을 가르치며 살았다. 어느 날 궁에서 상궁 둘이 계집아이를 업고 왔다. 내 증손녀 딸이었다. 절대 공주라는 신분을 알게 키워서는 안 된다고 하며 아이를 두고 두 상궁은 왔던 길을 되돌아갔다. 누가 얘기해 주지 않아도 손녀딸과 세자의 아이임이 틀림없는 세자와 손녀딸을 반반씩 닮은 아이였다. 이제는 한양에서 무슨 일이 일어나고 있는지 전해주는 이가 없으니 어떤 사연으로 이 아기가 궁에서 내처졌는지 알 수도 없었으며 알고 싶지도 않았다. 늘그막에 적적하였는데 아기가 이리저리 다니니 좋았다. 내 핏줄이라 그런지 더 좋았다. 다행히 어미를 닮지 않아 병치레도 하지 않고 두 노인네 사이에서 쑥쑥 들판의 보리처럼 아이는 커주었다.

사실 보리가 이 집에 들기 전에 적적한 두 노인네는 먼 친척뻘 아이를 하나 양자로 들였다. 양자라고 하기엔 너무나 어린 사내아이였으나 아이가 음전했다. 아이의 이름은 어진이라 지어주었다. 이 집에 들기 전에 이름은 물어보지도 않았다. 오늘부터 너는 '어질다'의 어진이다. 나를 할아버지, 이 사람을 할머니라 부르면 된다 하였다. 다행히 어진이는 보리의 좋은 친구가 되어주었다.

독선생을 들였다. 신문물을 익힌 청년이었다. 준수한 청년이라 마음에 꼭 들었다. 자신이 보리에게 가르쳐 줄 건 천자문과 공자, 맹자가 다였다. 이제 세월이, 세상이 변하고 있다. 내 증손녀의 세상은 다를 것이다. 다른 문물을 가르쳐야 한다고 생각했다. 독선생은 착실했다. 멀리 바다 멀리 다른 큰 땅에서 공부를 하고 왔다고 했다. 그가 모르는 곳이다. 그는 청년 시절 중국으로 가는 사신 일행에 껴서 중국에 가본 적이 있었다. 중국은 큰 땅이었다. 조선과 비교가 되지 않았다. 가도, 가도 끝이 없었다. 그는 말 위에서 졸며 갔다. 그래도 북경은 멀고 멀었다. 그런 중국보다 큰 나라도 세상에는 있을 것이다. 우리 보리는 그런 세상을 알아야 한다. 노인은 보리를 여자아이로만 키우고 싶지 않았다.

　나라가 망했다. 일본이 조선을 집어삼켰다. 곳곳에서 의병이 들고 일어났다. 노인은 이제 낫을 들 힘조차 없으니 나가 싸울 수가 없었다. 낫을 들 힘은 없으나 붓을 들 힘은 남아 있었다. 가솔들을 불러 모았다. 노비 문서를 그들 보는 앞에서 불태웠다. 나라가 망했는데 무엇이 남으랴. 그래도 땅문서를 골고루 그들에게 넘겨주며 한지에 그림을 그려주며 "앞으로 이 땅이 자네 땅일세, 이 땅을 부쳐 가솔들과 입에 풀칠을 하게나." 했다. 그의 가솔들은 눈물을 흘리며 고마워했다. 덩그러니 집만 남았다. 그들 부부와 보리, 어진에게는 큰 집이었다. 보리는 벌써 꼬맹이 태를 벗었다. 저것을 두고 내 어찌 눈을 감나 싶었으나 들 자리와 날 자리를 알아야 했다. 노인은 천천히 벼루에 먹을 갈고 한지에 가지런히 글을 썼다. 집을 나서는데 자꾸 발걸음이 허벙하게 공중을 짚는 듯했다. 관아 앞으로 갔다. 저잣거리를 앞에 둔 큼지막한 관아의 문이 보였다. 문지기가 노인을 알아보고 깊이 반절을 했다. 노인도 고개 인사를 하고 관아 문으로 들어섰다. 노인은 곧장 관아 문의 2층 파루로 올랐다. 집에서 써온 "왜놈을 이 땅에서 몰아내라."라고 적은 격문을 시간을 알리는 북에 쑤어 온 풀로 붙였다.

계란 한 꾸러미를 사러 장에 들른 아낙이 소리쳤다. 관아를 손으로 가리키며,

"저기, 저기, 저… 저기… 어르신이…."

장에 모였던 이들이 아낙이 가리키는 쪽으로 눈을 돌렸다. 파루 대들보에 목을 맨 노인의 두 다리가 흔들거리고 있었다.

보리는 어린 나이에 의병에 합류했다. 할아버지가 관아 파루에 유서를 남기고 자결하셨다. 의로운 죽음이었다. 보리도 죽음이 두렵지 않았다. 할아버지의 뒤를 잇고 싶었다. 할머니는 홀로 남겨져 눈물지을 것이다. 할수 없다. 가여운 할머니…. 그녀의 독선생 별과 어진이 그녀와 함께했다. 그녀의 독선생은 자연스레 그녀의 가족이 되었다. 언제부터인가 보리는 선생님을 '별'이라는 이름으로 불렀다. 별은 많은 걸 보리에게 가르쳐 주었다. 보리가 모르는 세상을. 가끔 별은 보리를 이상한 눈으로 바라보며 말했다. 기억나는 게 없냐고 자신이 들려주는

이야기를 전에 들은 적이 없냐고. 보리는 고개를 가로저으며, 선생님이 처음 해주시는 이야기이라 전에 들은 적이 없노라 대답하면 별은 고개를 갸웃거렸다.

별은 생각했다. 뭔가 잘못되었다. 크게 잘못되었다. 어떻게 보리가 별을, 자신을 기억하지 못하는가? 톱니바퀴가 어긋나 돌아가기 시작한 것이었다.

보리는 남장을 했다. 머리를 대처의 소년처럼 짧게 자르고 바지를 입었다. 영락없는 소년이었다. 몸이 날랜 보리를 다른 남정네들이 부러워했다. 일본 파출소를 습격할 때도 보리는 앞장을 섰다. 몸이 작고 뜀박질에 자신이 있던 터라 보리는 담장을 사뿐히 넘어 들어가 몰래대문을 열어 일행을 안으로 들이는 일에 능숙했다. 탐관오리의 집을 터는 데도 보리가 항상 앞장을 섰다. 양반집 구조를 익히 아는지라 어디에 곡식을 쌓아놓았는지 주인이 어디다 패물을 숨겨놓았는지 척척 찾아내었다. 보리와 같이한 의병대원들은 마치 유령처럼 흔적을 남기지 않고 다녔다. 그야말로 신출귀몰이었다. 서로 통성명도 하지 않았다. 만약 왜놈들에게 잡혀 고문을 당한다 해도 그들은 동료에 대해 아는 것이 없으니 불 것이 없었다. 잠을 숲속에서 자는 일이 많았으나 배를 곯

지는 않았다. 불을 피울 수 없으니 생쌀을 씹고 물을 마
셨다. 산에는 먹을 것이 지천이었다. 곧 겨울이 올 테지
만 별걱정은 없었다. 왜놈들은 추위에 약하다. 추운 겨
울에 이 산을 뒤지진 못할 것이다. 그들은 산에서 낮에
는 잠을 자고 밤에 몰래 읍으로 나가 왜놈들의 본거지
들을 습격하고 다시 뒤로 빠져 산으로 숨어들 것이었다.
겨울을 나기 위해 땅을 팠다. 깊이 땅을 파고 구들을 놓
았다. 구들이라야 얼기설기 큰 돌맹이를 이어놓은 것이
다. 가을바람이 불면서 산의 밤은 차가웠다. 돌 밑으로
나무를 넣고 불을 놓았다. 천천히 돌이 달아올랐다. 등
이 따뜻하니 온몸이 노글노글 녹아내리는 것 같았다.
잠이 절로 왔다. 오늘은 운이 좋았다. 대원 중 누군가 놓
은 덫에 토끼가 잡혔다. 오랜만에 남의 살을 뜯었다. 가
을 산은 먹을 게 지천이다. 도토리며 밤이며 툭툭 떨어
지는 밤과 도토리를 다람쥐들과 경쟁하듯 주워 모았다.
도토리는 구워 먹어도 쌉쓸했으나 그래도 먹을 만했다.
밤의 달콤함이랴! 더군다나 밤에 구들 밑에 넣었다. 아
침에 꺼내 숯검댕이를 털어내고 뜨거운 김이 나는 밤알
을, 입이 떡 벌어진 밤알을 입안에 집어넣는 맛이라니….
대원들은 이 겨울을 산에서 나기 위해 열심히 도토리며

밤을 주워 모아 땅속에 묻었다. 그리고 그들만 아는 표식을 해두었다. 몇 차례 야음을 틈타 마을의 일본 파출소들을 습격했다. 수확이 좋았다. 우리 편 대원의 손실은 없었으며 파출소의 무기들을 탈취할 수 있었다. 대원들은 모두 일본 순사들의 무기로 무장했으며 총알도 넉넉하였다. 깊은 산속에서 사격 연습을 했다. 사격 연습의 대상은 토끼, 노루, 가끔은 멧돼지도 그 과녁이 되었다. 처음에는 다들 저 큰 돼지를 쏘아 못 맞추냐고 서로를 놀리다 이제는 멀리 있는 토끼도 한 발에 맞추어 잡았다. 토끼는 고기양은 적었으나 그 가죽을 벗겨 덧대어 옷을 만들어 입을 수 있었다. 역시나 짐승의 털은 따뜻했다. 멧돼지는 그 고기의 양이 어마어마했다. 대원들은 잡은 멧돼지를 구들을 들어내고 그 밑에 넣어 불을 지피고 다시 돌을 얹었다. 돼지 누린내가 온 산을 감쌌다. 그러나 그들은 두려워하지 않았다. 보리는 어진과 별의 사이에 누워 밤하늘의 별을 보며 별의 이야기를 들으며 잠이 들었다. 평안한 밤들이었다.

비운의 대왕대비 이야기

음력 7월, 그늘막에 가만히 누워 있어도 온몸에 땀이 주루룩 흐르는 더위가 극성인 어느 날, 대왕대비가 눈을 감으셨다. 그녀의 삶처럼 기구한 삶이 어디 있었으랴? 삶은 한 번도 그녀에게 호락호락하지 않았었다. 그녀가 어찌, 어찌 청계천 거지왕의 부인이 되었는지는 그 거지왕과 그녀, 그리고 거지왕의 아들 어진만이 알고 있었다.

그녀는 역적으로 몰려 가문이 몰락한 집안의 무남독녀로 태어났었다. 그녀가 세상이 그녀에게 호락호락하지 않다는 것을 안 것은 예닐곱 살 되던 때였고, 그녀

자신이 한때는 아버지의 절친한 친구였던 자의 노비이고, 아버지는 억울하게 역적으로 몰려 참수당하고, 어머니는 양반집 마님에서 노비로 전락하여 아버지의 친구였던 그자에게 욕을 당하고 목을 매 자결을 한 때부터였다. 얼굴이 예쁘장하였던 그녀를 어머니를 죽음으로 내몬 그자가 수시로 넘보았다. 짐승 같던 그놈이 그나마 그녀를 어쩌지 못하였던 것은 그자의 아내가 워낙 남편을 쥐 잡듯 하며 두 눈을 부라리며 그자를 감시했기 때문이었다.

그렇다 할지라도 그자의 아내가 남편을 낮, 밤으로 감시할 수는 없는 노릇이었고, 그자는 호시탐탐 노비인 그녀를 군침을 삼키며 기회를 엿보았다.

'저년의 에미는 내 겨우 한 번 맛보았을 뿐이지만, 딸년이야 내가 꼭 자빠뜨리고, 두고두고 지 어멈이 내게 다 못 주고 간 것을 내가 받아내리라. 마누라를 뭔가 핑계를 대고 친정으로 마실 보내고, 그때…'

훗날 이 나라 지존의 어머니가 된 그녀, 그녀는 항상 몸에 비상을 가지고 다녔다. 그 짐승보다 못한 그자를 독살하여 어머니와 아버지의 복수를 하기 위해.

하늘은 그녀를 도왔다. 당시 그자는 하늘이 자신을 돕

느라 호랑이 마누라의 친정엄마의 목숨이 경각에 달렸다는 소식에 부인이 친정으로 달려간 걸 하늘이 준 기회로 알았다. 자신의 명줄이 그날 끊어질지도 모르고.

일은 너무나 순조로웠다. 그자가 술상을 봐서 안방으로 가지고 오라 그녀에게 명했다. 때가 온 것이다. 마침 장마가 시작되었다. 그녀는 독한 소주에 비상을 탔다. 안주로는 뜨끈하게 파전을 부쳐서 상에 올렸다.

"대감마님, 술상 가져왔습니다."

"그래, 어서 방으로 가지고 들어오너라."

"애야! 내가 말이다…. 네가 혹시 네 어미 일을 오해할까 봐 말하는 건데…."

"저는 상관없습니다. 제 어미의 명줄이 그것밖에 안 되었던 게지요."

"그래, 그래! 네 말이 맞다."

"사실 네 어미가 목을 맸을 때 내 부인께서는 너를 내치라 했었다. 재수 없다고. 근데 내가 말려서 그나마 네가 밥 굶지 않고 여태 내 집에 있었던 거다."

"항상 대감마님께 감사하게 생각하고 있었습니다. 대감 마님, 파전이 식사옵니다. 아직 뜨끈할 때 한 젓가락 드시고, 오늘 비가 추적추적 내려 소주도 따끈하게 덥혀

왔으니, 한 잔 쭉 들이켜십시오."

"그래, 그래, 그러자꾸나!"

그는 뭔가 일이 잘 풀리고 있다는 생각에 연신 벙글거리며 파전을 한 입 베물었다. '오늘같이 비가 내리는 날에는 뜨끈한 파전과 독한 소주가 최고지! 그리고 저년을 자빠뜨리면, 더할 나위 없겠지. 이년이 나긋나긋한 데다 인물도 독한 지 에미보다 훨 나으니, 내 수년간 기다린 보람이 있구나!' 하며 소주를 입안으로 털어 넣었다. 목젖이 짜르르했다.

"꺄~ 좋구나. 아가, 너두 한잔하랴? 내가 한잔 따라주마."

"저는 오늘 밤 대감마님 수청을 들어야 하는데 독한 소주를 먹고 잠이 들면 어찌시려고요?" 하며 그녀가 대감에게 애교를 피웠다.

"그래, 그래! 니가 이미 내 마음을 알고 있었구나! 에구 귀여운 것." 하며 그녀의 치마 속으로 손을 집어넣으려 하는데, "욱." 하며 토악질이 나오며 검붉은 핏덩이가 올라왔다.

"네… 네가… 감히…."

"감히라? 네 주둥이에서 어찌 그 말이 나오더냐? 내

모를 줄 알았더냐? 네놈이 내 아비를 모함해 참수당하게 하고 그도 모자라 내 어미를 욕보이고, 내 어머니는 네놈에게 몸을 더럽히고 내게 복수를 부탁하며 내 앞에서 대들보에 목을 매셨다. 난 지난 12년 동안을 바로 이 날이 오기만을 기다렸다. 먼저 지옥에 가서 기다리거라. 나 또한 너를 뒤따라가 염라대왕께 네 죄를 낱낱이 고하겠다."

그녀는 호랑이가 포효를 하듯 소리쳤다. 그리고 호랑이가 앞발로 먹이의 심장을 짓밟듯 이미 바닥에서 버둥거리고 있는 수령의 심장을 두 손으로 짓이겼다. 그자의 숨이 끊어진 것을 확인한 그녀는 유유히 신을 신고 그 집을 나섰다.

그녀가 향한 곳을 물이 불어난 청계천이다. 당시의 청계천은 비가 오면 그 물이 불어나고 물살이 제법 세, 그 불어난 물길에 휩싸이면 장정도 헤엄쳐 나오기 힘들었다.

'청계천' 푸르도록 맑은 시냇물인 청계천이 장맛비에 불어나 소용돌이치고 있었다. 그녀는 천천히 걸어 들어갔다. 물은 차지 않았다. 이제는 잊어버렸다고 생각한 그녀의 어머니의 품처럼 따뜻했다.

눈을 떴다. '예가 어디…지? 분명히 지옥으로 떨어질

줄 알았는데? 살생을 한 내가 극락에 왔을 리는 없고….'
그리 생각하고 있는데.

"정신이 드셔요?" 하는 사내아이의 조심스러운 목소
리가 들렸다.

"여기가 어디…니? 넌 누구…고?"

"여긴 우리 움막이에요. 청계천 천변에 있는. 저는 어
진이고요. 제가 누나를 발견해서 소리쳐서 아버지를 불
렀어요. 저기 사람이 떠내려가고 있다고요. 하마터면 큰
일 날 뻔했어요. 누나 발을 헛디뎌 청계천에 빠졌어요?"

"난… 난… 어진이라고 했나? 어진아 난… 난 말이다.
죽으려고 했어. 왜 날 살렸니? 난 죽어서 할 일이 있단다."

"누나, 아니에요. 죽으면 안 돼요. 누나, 우리랑 같이 살
아요. 우리 아버지는 거지지만 거지들의 왕이에요. 나쁜
왕이 아니라 좋은 왕이에요."

"좋은 거지왕?"

"예. 우리 아버지는 스스로 왕 하고 싶어서 거지왕이
된 거 아니에요. 다른 거지 아저씨, 아줌마, 누나, 형들이
우리 아버지보고 거지왕 하라고 해서 왕 하는 거예요."

"다른 거지들이 거지왕 하라고 해서 왕 한다고?"

"예. 우리 아버지는 내가 어른이 되면 나라의 왕도 백

성들이 뽑는 날이 올 거라고 했어요."

"왕을 백성들이 뽑는다고?"

"예, 우리 같은 거지들도 다른 사람들과 똑같이 살면서 왕을 뽑을 수 있을 거라고 했어요. 그리고 그런 세상이 되면 양반이나 일반 백성, 그리고 우리 같은 거지들도 다 같은 사람으로 살아갈 거라고 했어요. 그러니 누나! 죽지 말아요. 우리랑 같이 살아요. 이 움막에서 아버지랑 나랑 셋이서 살아요."

그리하여 그녀는 거지 움막에서 살았다. 거지 움막이야말로 좋은 은신처였다. 친정에서 모친상을 치르고 돌아온 그자의 마누라는

"머리 검은 짐승을 거두지 않는 거라 그리 남편에게 얘기했는데, 내 집의 대들보에 목을 매고 두 눈을 시퍼렇게 뜨고 딸년 앞에서 죽은 독한 년의 딸년을 기껏 키워놓았더니 내 남편에게 꼬리를 쳐대고, 그게 뜻대로 안 되니 비상을 먹여 죽여?" 하며 두 눈에 불을 켜고 장안의 깡패들 여럿에게 현상금을 걸고 그녀를 찾고 있었다.

어진이는 그녀가 노비가 되었던 바로 그 나이 여섯 살이었고 거지왕은 스물여섯 살, 그녀의 나이는 열여덟 살이었다. 그녀는 거지왕이 마음에 들었다. 어진이도 그녀

를 따랐다. 자연스레 그들은 부부가 되었고 어진은 그녀를 어머니라 불렀다.

그러던 어느 날 그것이 불행이었는지 행운이었는지. 그녀 아비의 누명이 벗겨지고 복원이 되었다. 나라님이 그녀를 찾는 방을 붙였다. 무남독녀 그녀를 복원시키고 몰수되었던 재산을 돌려줄 것이며, 그녀가 원한다면 그녀를 후궁으로 들여 왕비 다음가는 첩지를 내리겠다고.

헛웃음이 나왔다. 내 아비의 목을 베 죽이고 내 어머니가 내 앞에서 두 눈을 뜨고 목을 매 자결하게끔 만든 이가 이 나라 임금이었다. 아비의 친구는 그냥 임금이 가려운 데를 긁어준 것에 불과했다. 임금은 그녀의 아비를 질투했었다. 학문이면 학문, 무예면 무예, 작금의 왕은 죽마고우였던 그녀의 아비를 따를 수가 없었다. 선왕은 자신의 친아들보다 그녀의 아비를 더 귀히 여기며, 모든 일에 그녀의 아비와 작금의 임금을 비교했다.

선왕의 시신이 궁을 떠나기도 전에 그녀의 아비를 역적으로 몰아 목을 베고 그녀의 어미를 호랑이 입에 던져준 것이었다.

이제 그녀가 호랑이 굴에 들어갈 차례였다. 그녀는 거지왕에게 큰절을 하고 궁으로 향했다. 거지왕은 아무 말안하고 그녀의 절을 받고 돌아앉았다. 어진은 울며 궁 앞에까지 따라왔다. 어진은 "어머니, 어머니! 제 어머니가 되어주신다고 했잖아요. 가시면 안 돼요. 궁은 무서운 곳이에요. 어머니~."

그녀는 지존과 합방을 하고 2개월 만에 헛구역질을 했다. 그녀는 남몰래 웃음을 지었다. 그녀는 '연'을 궁으로 조용히 불러들였다. 연은 천변에서 양반집 여인들의 달거리 천을 남몰래 걷어 다 빠는 빨래하는 여인이었다. 거지왕 부인으로 청계천에서 집 밖 출입을 거의 안 하고 살 때, 밤이면 거지왕 집 인근에 와서 연은 그 붉은 천들을 빨았다. 그녀는 '연', 그녀가 남들이 못 보는 것을 보고 있다는 것을 그때 느낌으로 알았다.

연에게 부탁했다. 10달이 아니라 11달 만에 배 속의 아이를 세상으로 나오게 할 수 있는 방법을. 그 방도는 그리 어렵지도 않은 것이었다. 그녀는 헛구역질을 남몰래 1달간 하다, 이미 헛구역질이 나오지 않는데도 불구하고 그야말로 '헛구역질', '거짓 구역질'을 시작했다. 작금의 왕에게는 아직 아들이 없이 왕비와의 사이에 딸만 셋이 있었다. 그녀가 아들만 낳으면 다음 왕위는 그녀와 거지왕의 아들이 잇는 것이었다.

또 '연'에게 부탁했다. 어떻게 하면 아들을 낳을 수 있냐고. 연은 물끄러미 그녀를 바라보다 말했다. 태중에 아가는 아들이니 그녀가 도와주지 않아도 아들을 낳을 것이며, 그녀의 아들이 보위에 오를 것이라고.

그녀는 여기서 그치지 않았다. 행여나 왕비가 차후에 아들을 낳는다면 그녀의 아들이 왕위에 오르는 것에 방해가 될 수도 있을 거라 생각했다. 싹을 잘라야 했다. 그녀는 아무도 모르게 또 연을 불러들였다. 그녀는 은밀히 물었다. 현 중전이 다시는 아기를 낳지 못하게 치성을 드려달라고. 삼신할머니가 현 중전 근처에는 얼씬거리지 못하게 치성을 드려달라고. 연이 물었다. 자네의 아들이 이 나라에 지존이 될 터인데 꼭 그래야겠냐고. 그녀는 반드시 그래야겠다고 내 아들의 앞길을 막는 건 풀 포기 하나, 돌멩이 하나도 용납 못 한다고….

그리고 그다음 단계로 그녀는 왕자를 낳자마자 얼굴도 보지 않고 왕비에게 갖다 바치었다. 이 아이는 내 배를 빌려 낳았으나 당신의 아이이니, 내 중전마마가 눈을 감으시는 날까지 그냥 작은어머니라고 이 아이가 불러주는 것을 감지덕지하며 살겠다고. 중전은 그녀의 두 손을 잡으며 눈물을 흘렸다. 자신이 왕자를 생산하지 못해 종묘

사직에 뵐 면목이 없었는데 자네가 들어와 나를 살려주네! 하며…

　그다음은 모든 것이 순조로웠다. 그녀가 철든 후 가장 편안한 때였다. 이때만큼은 신이 그녀를 향해 따뜻한 미소를 지어주는 것 같았다. 연이 치성을 들여준 덕분이었는지 왕비는 세 딸 이후 더 이상 생산을 못 하였고, 자연스럽게 그녀의 아들이 세자가 되었으며, 세자는 그녀를 그저 작은어머니로 대했다.

　마침내 중전이 숨을 거두었다. 그리고 그녀는 중전의 자리에 올랐다. 지존의 부인의 자리에. 세자는 이제 생모로서의 그녀에게 예를 다했으며 효성이 지극한 아들로서 그녀를 섬겼다. 세자의 가례식은 성대했다. 세자빈 역시 그녀에게 효를 다했다. 부러울 게 없었다. 단지, 단지 두고 온 아들, 그녀의 목숨을 살린 그녀의 배 속으로 낳은 아들은 아니지만 그녀를 어머니라 불렀던 거지왕의 아들 어진이 눈에 밟혔다. 하지만 모질게 마음 자락을 잘라내었다. 그냥 가끔 상궁에게 패물과 궐의 음식을 싸서 거지왕의 아들 어진을 찾아 난 잘 있다, 다 잊고 잘 있다고 전하라 명했다.

　부왕이 승하했다. 내관이 부왕의 저고리 하나를 들고

부왕의 침전 지붕에 올라 서럽게 부왕을 불렀다. '초혼'이었다. 그때 그녀는 남몰래 웃음 지었다. 복수는 이제 끝났다. 당신의 아들이 아닌 거지왕과 나의 아들이 이 나라의 지존이 되었음을 지옥에 가서야 알게 되리라. 죽마고우의 목을 벤 죗값이라 여기고 내 아비에게 용서를 빌어라.

　영의정의 손녀를 세자빈으로 맞이하였고 그 세자빈이 수태를 했을 때까지는, 그때까지는 순조로웠다. 그런데, 그런데 왕손의 몸에 항문이 없었다. 날벼락이었다. 자신이 죽인 아버지를 죽인 그놈의 유령이 해코지를 한 거라 생각했다. 아니! 그놈이 환생하여 내 손자로 태어난 것이라 생각되었다. 항문 없는 아기로. 그런 아이를 내 증손자로 키울 수는 없는 노릇이었다. 게다가 양의를 궐로 불러들여 왕손의 몸에 칼을 대게 한다? 천부당만부당한 말이었다. 곡기를 끊고 문을 닫아걸고 방에서 한 발자국도 나가지 않았다. 밖에서 세자와 세손이 석고대죄를 하며 울부짖어도, 이 나라의 지존이 방문 앞에서 꼼짝도 않고 서 있는 것을 알고 있었지만 그래도 버티었다. 아이는 태어난 지 닷새 만에 절명했다. 그나마 다행이었다.

모든 죄는 '연'에게 뒤집어씌웠다. 언제부터인가 연이 부담스러웠다. 현재 이 나라의 지존이 선왕의 핏줄이 아닌 것을 아는 유일한 사람, 왕비가 더 이상 생산을 할 수 없게 비방을 쓴 사람, 그녀의 모든 약점을 아는 유일한 사람이 연이었다. 연만 이 세상에서 사라져 준다면 그녀의 비밀을 아는 사람은 이 세상에 존재하지 않았다.

대왕대비는 숨을 거두기 몇 해 전부터 악몽에 시달렸다. 꿈에는 항시 '연'이 나왔다. 연은 원망하는 눈빛도 아니었다. 그냥 걱정을 하는 것 같았다. 연은 항상 그녀를 걱정해 주는 유일한 이였다.

꿈속의 연은 그녀에게 이야기했다.

"공주가, 보리공주가 이 궁에 있었어야 했어. 그 애가 있었어야 이 나라가 망하지 않았어. 왕은 네 손자까지야. 보리공주의 동생은 망한 나라의 허수아비 왕이 될 거야. 이 나라의 국운은 다했어. 하지만 그다음 세상이 있지… 새로운 세상…."

그러곤 연의 몸이, 두 팔과 다리가 찢겨나가고, 그 찢긴 팔과 다리 사이로 피가 솟구쳤다.

'연은 보리공주가 태어나기도 전에 죽었어. 내가 너무 늙어 그냥 몸이 허해져 악몽을 꾸는 게야….' 하며 자신을 다독였다.

이제 대왕대비는 그 명을 다하여 숨을 거두었다. 세상에 슬프지 않은 죽음이 어디 있으랴? 효성이 지극한 지존은 대성통곡을 하며 대왕대비의 장례를 성대히 치르라 명하고 자신이 반나절 안에 당도할 곳에 대왕대비의 묘를 쓰라 명했다. 삼복더위에 눈을 감으신 대왕대비의 시신에서 나오는 물을 흡수할 마른미역이 궐 수라간에 쟁여둔 것으로는 턱없이 부족했다. 궐 밖 출입이 허락된 나인들이 종로 육의전 어물전의 미역을 사러 분주히 궐을 빠져나갔다. 장안의 어물전들의 미역들이 동이 났다.

대왕대비의 시신이 궁을 떠나자마자 지존께서 명을 내렸다. "보리공주를 찾아라." 우선 그날 세자빈에게서 공주를 데려간 두 상궁이 누구였는지를 찾는 게 첫 번째 일이었다. 그런데 그 둘이 땅속으로 스며들었는지 아니면 하늘로 날아올랐는지 행방을 찾을 수가 없었다. 분명 궐내에 그 둘은 없었다.

그다음 수순으로 대왕대비께서 왜 보리공주를 궐 밖으로 내치셨는지 그 이유가 과연 뭐였을까? 그걸 밝혀내면 보리공주를 찾는 데 도움이 될 거라 여겨졌다. 가장 최근까지 대왕대비를 모셨던 상궁은 그 당시 어린 나인이었고 대왕대비전에서 무슨 일이 전혀 알지 못했던 지라 그 상궁을 추궁해 보았으나 나오는 것이 없었다. 단지 추국장에서 그 상궁은 최근까지 대왕대비가 아끼던 무당 '심'이라면 혹시 대왕대비가 왜 그런 일을 벌이셨는지 알 수도 있을 거라는 말을 흘렸다.

지존께서 당장 심을 불러들이라 명하셨다.

추국장에는 지존과 세자, 세자빈이 함께 나란히 자리했다. 세 분께서는 불려 온 심에게 돌아가신 대왕대비가 아끼던 무당이었음에 예를 차리셨다. 은근히 지존이 물으셨다. 혹시 돌아가신 어머니께서 어린 보리공주를 궐밖으로 내치신 이유를 알고 있느냐고. 심이 답했다. 심자신이 대왕대비께 그리하라 했다고. 보리공주는 태어나실 왕자애기씨의 앞길을 막을 분이니 왕자마마 앞길을 틔워주시려면 공주마마를 궐 밖으로 아주 멀리 내치시라고. 이때까지만 해도 추국장의 분위기는 살벌하지 않았다. 다시 지존께서 물으셨다.

"그래 네 점괘에 보리공주가 진정 왕자의 앞길을 막는다. 나왔단 말이지? 그래서 네가 내 어마마마께 공주를 내치라 했다는 것이냐?"

이 하문에 대한 심의 답변에 모두 경악했다.

"아니옵니다. 사실인즉 공주 아기의 성정은 곧으나 왕자애기씨와 합이 맞아 전혀 상극이 아니니 두 분이 같이 계시오면 서로 지켜줄 점괘가 나왔습니다."

"그… 근데… 네가… 어찌 어린 공주를 모함하는 요사스러운 말로 어마마마를 꼬드겨 보리공주를 궐 밖으로 내치게 했다는 말이냐?" 지존의 음성이 떨렸다.

"소녀는 연이라 불리우던 분의 '신딸'이었습니다. 청계천 변에 버려져 있던 저를 연께서 거두셨지요. 연께서는 워낙 신통력이 뛰어나신 분이었습니다. 대왕대비께서 어려서 부모님을 여의고 청계천 변의 거지왕에게 잠시 몸을 의탁하셨을 때부터 제 신어머니이신 연과 대왕대비는 알고 지내셨고, 대왕대비께서는 제 신어미를 친자매처럼 여기시었습니다. 그런데 세자빈께서 항문이 없는 왕자애기씨를 생산하시자 제 신어미에게 모든 죄를 뒤집어씌우시고 사지를 찢어 죽이셨습니다. 제 신어머니 연께서는 전국 방방곡곡의 산봉우리에 쌀과 비단을 바치러 친히 머리에 이고 산봉우리를 오르고 내리느라 열 발가락 발톱이 다 빠지도록 치성을 드렸었습니다. 대왕대비께서는 제가 '연'의 신딸인지는 까마득히 모르시고 당시 장안에 소문난 무당인 저를 부르신 거지요. 저

는 제 신어머니의 복수를 그렇게 한 것입니다. 대왕대비
께서는 자신의 비밀을 알고 있는 제 신어머니를 두려워
해서 '토사구팽', 쓸모를 다하자 버리신 것입니다. 그것도
아주 잔인하게 사지를 찢어 죽이신 겁니다.

"그… 그럼, 네 신어미가 알고 있었던 내 어머니, 대왕
대비의 비밀이 무엇이더냐?"

"정녕, 그것을 알고 싶으십니까? 제가 그 비밀을 이 자
리에서 알려드릴 수도 있으나 이미 정해져 버린 일을 제
가 까발려 무엇하겠습니까? 저는 제 입을 다물고 죽겠
습니다. 제 복수를 했으니 이제 이 자리에서 저를 찢어
죽이신다 해도 여한이 없습니다."

이 독한 말에 지존께서는 할 말을 잊으셨고, 세자빈은
토하듯

"보리공주, 내 아가, 불쌍한 내 아가, 어디 있니?"를 외
치다 혼절했다.

6.25 전쟁 속의 별과
어진 그리고 보리

　북한이 남침을 감행했다. 서울은 북한이 38선을 넘은 지 사흘 반에 북한군에 점령당했다. 대한민국 정부는 서울을 버렸을 뿐 아니라 서울 시민들을 버렸다. 대한민국 군대 사령관은 서울 시민들의 유일한 피난길이었던 한강 다리를 폭파하라 지시했다. 군이 피난민들을 다시 서울 쪽으로 돌아가라 아무리 사정을 해도 피난민들은 막무가내로 남으로 가려고 했다. 한강 다리 폭파를 담당했던 남한군 장교 별은 결정을 내려야 했다. 그는 이를 악물고 군 최고 통수권자를 저주하며 명령을 내렸다.

　"당장 다리를 폭파하라."

명령을 무전으로 받은 폭파담당관 어진이 어안이 벙벙하여 되물었다.

"명령을 반복해 주십시오. 지금 뭐라고 하셨습니까?"

"지금 당장 한강 다리를 폭파하라고 했다."

"안 됩니다. 지금 다리 위에는 우리 남한의 시민들로 가득 차 있습니다. 재고해 주십시오. 이건 학살입니다. 전 그 명령 따를 수 없습니다."

"우리가 더 기다려 봐도 희생만 늘 뿐이다. 점점 더 많은 사람들이 다리로 몰려들 것이다. 어쩔 수 없다. 어쩔 수 없다. 명령이다. 나도 어쩔 수 없다."

어진은 하늘을 바라보았다.

'어머니 저희를 용서하세요. 저희도 어쩔 수 없습니다.'

굉음과 수많은 사람들의 절규가 뒤섞였다. 지옥이었다.

이때 대한민국 정부의 수뇌부들은 존경한다던 대한민국의 국민을 챙기는 것이 아니라 국립박물관의 보물들을 챙기는 데 여념이 없었다. 그들은 부산으로 향하는 피난 열차 칸칸이 국보들을 챙겼다.

16살 보리는 중3 여학생이었다. 보리는 이전의 생과 마찬가지로 전생을 기억하지 못했다. 별도 어진도….

서울에 북한군이 진입할 때 혜화동에 위치한 중학교의

중3 학생이었던 보리의 아버지는 철도청 공무원이었다.

아버지가 허망한 표정으로 집으로 들어오셨다. 어머니가 황급히 대문으로 나가 아버지를 맞이하셨다.

"모두 짐 싸 들고 남으로 가고 있어요. 우리도 빨리 피난민들과 섞여서 서울을 벗어나야 해요. 북한 인민군들이 공무원들은 죄다 쏴 죽인대요."

"이미 늦었어. 남으로 가는 길이 끊겼어. 우리 군대가 한강 다리를 폭파했어."

어머니는 마당에 철퍼덕 주저앉으셨다.

"어쩌나, 이를 어쩌나…"를 되뇌셨다.

아버지는 장롱을 20센티미터 정도 앞으로 빼서 장롱 뒤로 몸을 숨기셨다. 다음 날 누군가 거칠게 대문을 두드렸다. 어머니는 짐짓 태연하게 대문을 열었다.

"뉘시오?"

"우리는 북조선 해방군이요. 바깥양반 계시오?"

"제 남편은 어제 직장에 나가서는 여태 돌아오지 않아 걱정을 하고 있습니다."

"그럼 내가 집을 한번 둘러봐도 되갔오?" 하면서 인민군 장교로 보이는 군인 1명과 사병으로 보이는 군인 1명이 성큼성큼 마당으로 들어와 허락도 안 받고 구두를 벗고는 집을 뒤지기 시작했다. 다락이며 뒤주 안까지 다 둘러보고는 그들은 허탕을 쳤다는 얼굴을 하고 돌아갔다.

그날 밤 보리네 세 식구는 각자 최소한의 짐을 등에 지고 길을 떠났다. 강원도에 살고 계시는 먼 친척의 집으로. 낮에는 비어 있는 집을 찾아 몸을 숨기고 잠을 잤다. 피난을 가서 빈집이 많았다. 집집마다 부엌에 김치는 그득했다. 쌀은 없었다. 밤에만 걸었다. 어머니가 만들어 각자의 등짐에 넣어 온 보리밥 덩어리를 걸으면서 먹었다.

강원도의 먼 친척 집에 도착하여 보니 그 친척 집은 어마어마한 부잣집이었다. 전쟁이 난 줄도 그 동네 사람들은 모르고 있었다. 그만큼 강원도에서도 깊은 산골에 위치한 동네였다. 보리는 어머니와 아버지가 그 집에서 환대받는 것을 보고 어머니, 아버지께 바로 작별 인사를 드렸다. 자신은 왔던 길을 되돌아 서울로 가 학도의용군에 자원하겠다고.

"아니 16살 여자아이가 군인이 된다냐? 누가 너를 받아 준다고 하더냐? 말도 안 된다. 그냥 국으로 여기서 지내면서 전쟁이 끝나길 기다리자."

보리는 도리질을 쳤다. 제 생각에 이 전쟁은 쉬 끝나지 않을 것이다. 곧 미국이 우리나라에 군대를 파견할 것이고, 그러면 수세에 몰린 김일성이 중국에 도움을 청할 것이고 중국이 이 전쟁에 개입한다면 이 전쟁은 아마 세계 3차 대전이 될지도 모른다고. 그렇게 되면 한반도 상공에 폭격기들이 무차별로 폭탄을 떨어뜨리게 되고 그럼 이 강원도 산골 마을도 안전하지 못할 것이라고.

보리는 머리를 사내아이처럼 짧게 자르고 옷도 친척집 아들 옷을 빌려 남학생 옷을 입고 서울로 향했다. 그녀의 꾸러미에는 깡보리 주먹밥 몇 덩어리가 다였다.

부산에 도착한 이승만은 자신만만했다. 곧 미군이 자신을 도우려 군대를 보낼 것이다.

자신은 곧 통일된 한반도의 대통령이 될 수 있을 것이다. 이 전쟁은 자신에게 주어진 하늘이 주신 기회이다. 이제 김구의 망령을 떨구어 내고 이 땅의 진정한 초대 대통령으로 군림할 수 있을 것이다. 이참에 다시 군주제를 부활시켜 자신이 새로운 왕조의 초대 왕이 되는 것은 어떨까 하는 생각으로 벙싯벙싯 웃음이 나왔다. 이런 그를 부인 프란체스카 여사는 전쟁 와중에 이 양반이 실성을 하셨나 하는 의아한 눈을 바라보았다.

별과 어진이 서로 테이블에 마주 앉아 소주를 들이켜고 있었다. 아무리 소주를 퍼 넣어도 절규하던 다리 위의 사람들의 얼굴이 아른거려 취하지가 않았다.

"보리는? 보리는 무사히 피난 갔을까? 설마 그 다리 위에 보리와 보리의 가족이 있지는 않았겠지?"

모를 일이다. 보리가 거기 있는지 살펴볼 경황이 아니었다.

"별, 걱정 마. 보리와 보리 가족은 거기 없었을 거야. 아니 확신해도 돼. 보리가 거기 있었다면 별, 네가 못 느꼈을 리 없어. 나 또한 보리가 거기 있었다면 분명 알아차렸을 거야. 그러니 그런 걱정을 접고 앞으로 우리가 어떻게 해야 할 지나 생각하자."

"과연 우리가 대한민국의 군이 맞나? 피난길에 오른 시민들이 가득한 다리를 폭파시키라는 명령을 내릴 수 있는 거지? 이해할 수가 없어. 도저히…." 별이 말했다.

"그럼 앞으로 어떻게 할 건데…."

"미국이 우리나라에 곧 군대를 파견하기로 했다는 첩보를 들었어. 곧 미군이 부산에 상륙할 거야. 난 우리 부대를 이끌고 미군과 같이 행동할 거야."

"알았어. 그럼 우리 공병부대도 별 너의 보병과 함께할게. 모두에게 공표하고 나를 따를 사람은 함께 가고 아닌 사람들은 남아서 다른 명령을 기다리라고 할게."

이제야 술이 오르기 시작했다. 둘은 남은 소주병을 비우고 각자의 숙소로 향했다. 그 둘의 시선은 멀리 그들이 폭파명령을 하고 그 명령을 따를 수밖에 없었던 지옥의 현장, 한강 다리로 향했다. 다시금 그들의 고통에 찬 절규가 그 둘의 귓전을 때렸다.

　강원도 친척 집으로 향할 때는 밤에만 걸었으나 이제 보리는 낮에 걷고 밤에는 빈집에 들어가서 잤다. 몇몇 집 부엌에는 감자와 야채들이 바닥에 뒹굴고 있었다. 배를 곯지는 않을 수 있었다. 낮에 걷는 동안 인민군 부대와 맞닥칠 때도 종종 있었다. 그들은 소년으로 보이는 보리에게 어디로 가느냐고 물었다. 짐짓 남자 목소리를 흉내 내며 서울에 있는 친척 집에 가고 있는 중이라고 대답했다. 그들은 흐뭇한 표정을 지으며 어서 가라 했다. 오히려 대한민국 군대를 마주치면 그들은 보리를 무슨 첩자 취급하며 의심스럽게 이것저것 꼬치꼬치 캐물었다.

　서울에 당도했다. 집은 무사했다. 다시 여자 옷으로 갈아입고 이웃집 문들을 두드렸으나 아무도 없었다. 빈집들이었다. 서울은 사람이 살지 않는 유령도시 같았다. 그녀는 다시 남학생 옷으로 갈아입고 남으로 향했다. 한강 다리를 건널 수 없으니 한강을 따라 남으로 걸었다.

몇 날 며칠을 걸었다. 가는 곳곳 빈집이 천지였다. 다행히 빈집에서 먹을 것을 찾아내 허기를 때울 수 있었다.

걸어서 포항에 도착했다. 포항에 도착해 학도의용군 부대를 찾아갔다. 중학생들도 있었다. 다들 남학생들이었다. 보리가 자원입대하겠다고 하니 더 이상 아무것도 묻지 않고 총을 줄 테니 당장 사격 연습을 하라고 했다. 받아 든 총은 무거웠다.

그들은 포항여중 교실 바닥에서 생활했다. 모포도 없이 교실 바닥에서 잤다.

1950년 무더운 8월 11일 새벽 북한군 제12사단의 병력은 학교 앞과 학교 건물 뒷산으로부터 학교 건물에 공격을 시작했다. 당시 포항여자중학교에는 보리까지 포함해 71명의 학도의용군이 있었다. 11시간이라는 긴 시간의 전투가 이어졌다. 사단병력과 71명의 학생 간의 전투였다. 북한군이 학교 건물로 진입했다. 백병전이 벌어졌다. 보리도 그들과 맨몸으로 싸웠다. 본인도 어디서 그런 힘이 나서 그들과 맨몸뚱이로 싸웠는지 모른다. 나중에 생각해 보니 그들도 어린 군인들이었다. 체구도 보리보다 많이 크지도 않았었다. 71명 중 절반 이상이 사망했다. 나머지는 북한군의 포로가 되었다. 보리도 포로로

잡혔다.

　전투를 해야 하는 북한군에게 포로는 큰 짐이었다. 그렇다고 무장하지 않은 어린 학도병들을 쏴 죽일 수도 없는 노릇이었다. 어디서 사진이라도 찍혀 외국 신문에라도 나면 국제사회가 맹렬히 비난할 테니… 북한군 제12사단은 계속 남하해서 부산까지 점령해야 했다. 이미 북에서의 식량지원은 없었다. 아니 처음 전쟁 시작 이후 식량지원은 부대에 없었다. 사령관은 알아서 부대원을 먹여야 했다. 먹여야 전투를 할 수 있으니 민가를 뒤졌다. 민간인에 대한 살상은 용납되지 않았다. 전쟁이 끝난 후 보상을 약속하고 전투 식량을 얻어 오라고 사병들을 민가로 보냈다. 총을 든 군인들이 식량을 요구하니 민간인들은 식량을 내놓았다. 그러나 곧 그들은 부산으로 피난을 가고 빈집에는 먹을 것이 거의 남지 않았다. 사령관은 자신의 부대원들이 굶는 지경인데 포로들을 먹일 수는 없었다. 최소한의 인원이 포로들을 이끌고 북으로 돌아가라고 했다. 어린 학생들의 팔을 뒤로 묶어 5명의 군인들을 딸려 보냈다. 사령관 본인의 부대는 부산을 향해 출발했다.

　학도의용군 포로들 30여 명이 굴비 엮이듯 엮여 걸었

다. 걸음은 더뎠다. 배가 고팠으나 북한군 5명도 굶기는 마찬가지였다. 포항에서 출발해서 서울까지는 300킬로미터가 넘는 거리다. 하루 종일 행군 다 해도 하루 40킬로미터를 걷기는 힘들다. 열흘은 족히 걸어야 한다. 인민군도 학도병도 다 지쳐 걸을 기운이 없었다. 인민군들이 포기했다. 어느 민가에서 잠이 들었다 아침에 깨어보니 인민군 5명이 보이지 않았다. 포승줄에 묶여 칼잠이 들었다 깬 학생들은 인민군이 자신들을 버리고 간 것을 알았다. 포승줄을 풀기는 쉽지 않았으나 어찌어찌 한 이가 매듭을 풀었고 그가 다른 학생들의 포승줄을 풀어주었다. 배가 고프고 여기가 어디인지도 알 수 없었다. 서울로 향하던 길이니 북쪽으로 걸어 서울로 가자는 이들도 있었고 다시 포항으로 그리고 격전지가 되었을 부산으로 가자는 이들도 있었다. 보리는 서울로 가자는 이들과 함께했다. 또 걸었다. 이제 자유로워진 그들은 중간중간 빈집에 들러 먹을 것이 없나 뒤지기도 하고 산에 올라 혹시 나무 열매가 있나 살폈다. 다행히 먹을 것을 찾아내기도 하고 과수원에 복숭아가 열려 있어 그걸 따 먹으며 서울로 향했다. 더운 날의 걸음은 더욱 더디었다.

마침내 서울에 도착했다. 서울에 같이 온 이들은 보리

를 포함해 딱 10명이었다. 보리는 이들을 자신의 집으로 안내했다. 집 대문을 열고 들어서니 웬일인가? 아버지, 어머니가 계셨다. 어머니는 상거지 꼴을 한 보리를 안고 통곡하셨다.

"죽은 줄 알았다. 죽은 줄로만 알았다!"

어디서 쌀이 난 걸까? 어머니는 밥을, 쌀밥을 그득히 퍼 10명의 아이들에게 밥상을 내주었다. 처음 보는 쌀밥인 양 10명의 아이들이 밥을 입안으로 퍼 넣었다. 보리도. 배가 부르니 다들 눈꺼풀이 감겼다. 마루에 모두 드러누워 낮잠을 잤다. 밤이 되어서야 어머니가 보리를 깨웠다.

"그만 자고 일어나 좀 씻어라. 거지도 이런 상거지가 없구나."

보리는 마루에 9명의 소년들이 자고 있음에도 마당 수돗가에서 거의 홀딱 벗고 목욕을 했다. 어머니가 등을 밀어주셨다.

"아예 시꺼먼 국숫발이 나오는구나." 어머니는 눈물지으시며 말했다.

"됐다, 됐다… 살아 돌아왔으니 되었다." 아버지의 헛기침 소리가 안방에서 새어 나왔다.

9명의 소년들은 꼬박 24시간을 자고 나서야 하나, 둘씩 깨어났다. 어머니는 일어나는 대로 마당 수돗가에서 씻으라 하고 아버지의 옷가지들을 가져다 갈아 입혔다. 크면 큰 대로 작으면 작은 대로 입는 수밖에 없었다. 그래도 대부분 크게 작지도, 크지도 않고 맞춤하여 보기 흉하지 않았다. 그리고는 어머니는 그들에게 밥상을 내다 주었다. 뜨끈뜨끈한 김칫국과 밥을 고봉으로 퍼서. 아이들은 게걸스럽게 먹었다. 멀끔하니 씻고 밥도 두둑이 먹으니 아이들은 세상 부러울 것이 없었다. 어머니는 마침 옆집이 피난 가서 비어 있어 치워놓았으니 오늘부터 몇 명은 옆집에 묵으면 된다고 아이들에게 말했다. 옆집 식구들이 돌아오면 그때 비워주면 된다고, 밥때가 되면 이 집으로 건너와 밥을 먹으라고. 아이들은 고향의 식구들이 걱정이 되었으나 지금은 돌아갈 방법이 없었다. 보리가 원피스 차림으로 방에서 나왔다. 아이들 모두 눈을 휘둥그렇게 떴다.

　"어? 어? 보리, 너… 너, 여자였어?"

　"그래, 나 여자다. 밥들 다 먹었으면 나 따라와. 옆집에 같이 가보자. 옆집 사람들하고 우린 아주 친하게 왕래하고 지냈어. 우리보다 먼저 피난 가면서 우리한테 집 열

쇠 맡기고 떠났어."

보리 집에는 방이 4개 있었다. 옆집은 방이 3개다. 4명의 사내아이들이 보리네서 같이 숙식을 하고, 5명이 옆집에서 잠만 자고 밥은 보리네로 건너와서 먹기로 했다. 무료해진 아이들에게 아버지는 새삼스럽게 천자문을 가르쳤다. 아버지는 왜정 때부터 일본어를 배우셔서 일본어로 된 소설을 읽으셨다. 해방이 된 마당에 아이들에게 일본어를 가르칠 필요는 없으나 한자는 필요할 것이고, 요즘 신식 공부는 모르니, 노느니 천자문이라도 배우라고 하시며 천자문을 가르치셨다. "하늘 천, 따 지, 검을 현, 누를 황." "하늘은 검고, 땅은 누렇다." "왜 하늘이 파랗지 않고 검습니까?" 하는 한 아이의 물음에 아버지는 "중국 사람들은 밤하늘이 진짜 하늘이라고 생각했나 보다. 농사를 지으려면 밤하늘의 달과 별을 보고 날씨를 점쳐야 했으니."라고 답하셨다. 보리의 집은 작은 서당이 되었다. 밥때가 되면 어머니가 된장국, 김칫국을 번갈아 내오셨다. 찬은 없었으나 쌀밥은 그득했다.

"보리 어머니 요술 쌀독을 가지고 계십니까? 저희가 예서 먹은 지가 며칠인데 아직 쌀밥이 나와요?"

"내 언니가 안면도 부잣집에 시집을 갔어. 안면도 섬

땅이며 섬 바깥 육지 논도 많아서 해마다 추수 끝나면 쌀을 열 섬이나 보내온단다. 이맘때는 쌀이 오래되어 벌레가 나는데 올해는 쌀벌레들도 전쟁이 무서워 도망을 갔는지 쌀에 벌레가 없네."

"와! 어머니, 언니가 무척 부자이시군요."

"내 외조부께서 부자이시었지. 영의정까지 벼슬도 하시고. 우리 대에 와서 아들이 없이 딸만 넷이었는데, 웬일인지 하나, 하나 시집을 보내면 집안 재물이 뭉텅뭉텅 축이 나서 강화에 그 많던 땅이 지금은 하나도 남질 않았어. 혼수를 티 나게 많이 해 보낸 것도 아니었는데…."

"다들 부잣집에 시집가셨겠군요."

"그랬지. 큰언니는 종로에 어마어마하게 큰 기와집을 지닌 이한테 시집갔고, 둘째 언니는 안면도 부자한테, 막내는 쌀집을 하는 부잣집 아들한테. 나만 의지가지없고 가진 거 없는 이한테 시집왔단다."

"아니, 왜요?"

"내가 몸이 약해서 언제 죽을지 모른다고. 아버님이 괜스레 부잣집에 시집보내 시부모 눈치 보고 행여나 자식을 낳지 못해 그 집 대를 끊게 할까 봐 걱정을 하셔서, 일찍 부모님 여의고 가진 것은 없으나 학식이 높은 우리 집 양반과 나를 혼인시키셨지."

보리네 세 식구가 먹어봤자라 쌀에서는 여름부터 흰
쌀벌레가 생겼다. 어머니는 아침 일찍 쌀을 퍼서 마당에
서 키질을 하셨다. 흰쌀들이 공중으로 튀어 오르고 쌀
벌레들은 키 밑에 가라앉는다. 어머니는 조심조심 표주
박으로 쌀을 퍼서 항아리에 담으셨다. 키 바닥에는 쌀
을 먹어 통통해진 하얀 벌레들이 꿈틀거렸다. 어쩌다 쌀
벌레 사이에 남아 있는 쌀알들을 골라내는 어머니를 도
울까 하다가도 흰 벌레들이 마치 지렁이 같아 손가락을
키 안으로 넣을 수가 없었다.

"이 벌레들은 오로지 쌀만을 먹어 더럽지 않단다. 더
럽기는 우리네 사람들이 더럽지."라고 하셨다.

사내아이들은 밥을 먹으면 돌아가며 설거지도 하고,
자신들이 묵고 있는 집뿐 아니라 보리 집 청소도 도맡
아 하고, 어머니가 끼니를 준비하는 것을 도왔다. 그리고
마실 삼아 빈집들을 돌아다녔다. 행여나 먹을 것이 남
아 있는 집이 있을까 하고. 운이 좋으면 어느 집 뒷마당
에 걸려 있는 말린 시래기를 걷어 올 수 있었고, 시어 꼬
부라진 김치를 퍼 오는 날도 있었다. 하얀 곰팡이가 핀
김치를 어머니는 여러 번 헹구어 김치찌개와 김칫국을

끓이셨다.

9월 17일 유엔군이 인천에 상륙했다. 맥아더 장군이 누구도 생각하지 못한 작전을 성공시킨 것이었다. 인천은 조수 간만의 차이가 크다. 큰 전함들을 댈 수 없다. 그래도 맥아더 장군이 고집을 피워 적의 허를 찌른 것이었다. 이 소식을 보리 집 마루에 있던 라디오 뉴스로 들은 소년들은 환호했다. 이제 됐다. 전쟁을 곧 끝날 것이다. 남북은 통일이 될 것이다. 북한군이 3일 만에 서울을 점령했으니 아마 일주일이면 이 전쟁은 끝나고 우리는 고향 집으로 돌아갈 것이다. 그들은 서로를 부둥켜안고 눈물을 흘리며 환호했다.

하지만 전쟁의 양상은 예상과는 달랐다. 서울로 환향한 이승만은 "북진통일"을 외치며 곧 통일된 한반도의 대통령이 될 꿈에 부풀었다. 연합군이 파죽지세로 압록강에 이르러 수통에 물을 담아 마시는 사진이 신문에 게재될 때까지는 모든 것이 순조로워 보였다. 그러나 아뿔싸! 중공군이 물밀 듯 내려오기 시작했다.

술에 취한 인민군들은 피리와 꽹과리 소리에 발을 맞춰 행진했다. 그들의 손엔 총 한 자루 쥐고 있지 않았다. 사실 그들은 장계석이 대만으로 도망치듯 떠날 때 미처 챙기지 못한 장계석 소속의 군인들이었다. 중국은 그들을 방패막이로 쓴 것이었다. 무기도 없이 술을 먹여 총 대신 피리와 꽹과리를 들려서. 그리고 중국이 이 전쟁에 개입하게끔 빌미를 준 것이 미국이었다. 그들의 전투기가 수시로 중국 영토 위 하늘을 날아다녔다. 중국은 불안했던 것이다. 연합군이 한반도에서 승리하고 한반도를 이승만에게 넘겨주면 욕심 많은 이승만이 그다음은 미국을 꼬드겨 중국 땅을 넘볼지도 모르는 일이었다. 중국은 장계석의 남은 잔당을 처리하고 김일성을 도와 전쟁 후 김일성에게 큰소리를 칠 수 있을 것이라는 생각을 마오쩌둥은 했던 것이다.

연합군 병사들은 당황했다. 아무리 기관총을 쏘아대도 중공군은 마치 파도가 밀려오듯 잠깐 뒤로 밀려가나 싶다가 다시 몰아쳐 내려왔다. 나중에는 죽은 시체가 벌떡벌떡 다시 일어나는 것처럼 보였다. 연합군 병사들은 급기야 무기를 버리고 도망치기 시작했다. 무서웠다. 날은 그야말로 'Damn it!(빌어먹을)'이었다. 그들 누구도 이런 추위를 경험해 보지 못했었다.

장진호 전투는 미군들의 희생이 큰 전투였다. 미군 후미가 장진에서 잘려 많은 병사들이 추위에 갇혔다. 추웠다. 배도 고팠다. 고향의 어머니 생각이 간절했다. '이제 죽는구나.' 하고 하늘을 보며 기도했다.

"하늘에 계신 하나님, 아버지. 저는 듣지도 못했던 나라의 평화를 위해 싸우다 여기서 죽습니다. 부디 고향에 계신 어머니를 보살펴 주시옵소서."

그때였다. 하늘에 하얀 불빛이 보였다.

누군가 "천사다! 천사가 우리를 구하시러 오셨다. 주님이 우리를 살리기 위해 천사를 보내셨다."라고 외쳤다.

헬기였다. 이들을 구하기 위해 미국 헬기들이 온 것이었다. 한 대, 또 한 대, 헬기들이 차례로 착륙했다.

그들 안에 별이 있었다. 별은 미소 지으며 중얼거렸다. "어머니, 감사합니다."

사람을 태우는 배가 아니라 전투물자를 싣는 화물선 메러디스호의 통역병 어진이 눈에 힘을 주고 한 마디, 한 마디 절실함을 담아 선장에게 애걸했다.

"Sir! If you leave here without them. All of them are killed by Communists."(선장님! 만약 저들을 여기에 버린다면 공산주의자들이 저들을 모두 죽일 겁니다.)

"Sorry, Eojin. I cannot help them. If I throw away the weapon and meet enemy' ships, I will lose my people and your Korean."(미안하네, 어진. 난 도울 수 없다네. 만약 내가 이 배의 무기들을 버리고 적함들을 만난다면 내 선원들뿐 아니라 당신의 한국 사람들도 모두 죽게 된다네.)

"It is not my Korean! All of them are same our people. God never allow it. God will be with us!"(저의 한국인들이 아닙니다. 우리 모두 같은 사람들입니다. 신께서 그렇게 되도록 하시지 않을 겁니다. 신이 저희와 함께할 겁니다.)

선장은 어려운 결정을 내렸다. "배 안의 모든 무기를 버리고 부두의 사람들을 태워라. 한 사람이라도 더 태워라. 신이 우리를 보살필 것이다."

선장은 자신의 하나님께 어진은 어머니께 같은 기도를 올렸다.

"저희를 살려주셔서 감사합니다."

아버지께서 아이들 모두를 안방으로 부르셨다. 아버지는 종이 쪼가리 3개를 방바닥에 펼치셨다. "이건 기차표다. 오늘 밤 서울역에서 기차를 탈 때 이 종이 쪼가리를 보여주면 기차를 태워주고 그 기차는 부산으로 간다. 난 너희 모두를 데려갈 작정이다. 한 놈도 빠뜨리지 않고. 너희는 이미 보리와 같은 내 새끼들이다. 이 중 제일 뜀박질을 못하는 놈이 나와 집사람과 함께 기차를 먼저 타고, 나머지 놈들은 한 놈씩 다른 기차 칸 앞에서 가족을 배웅하는 것처럼 하다 기차가 출발하기 시작하면 기차에 뛰어드는 게다. 내가 이미 역장에게 언질을 해놓았다. 나는 너희 없이는 기차를 탈 수 없다고. 살아도 같이 살고 죽어도 같이 죽을 거라고."

아버지는 사뭇 비장하게 말씀하셨다. 어머니는

"암! 암! 그렇고 말고요. 야들은 이제 우리 새끼들이지요. 보리와 똑같은…."

아버지의 작전은 성공했다. 10명의 아이들 모두 기차에 오를 수 있었다. 기차에 모두 탄 것을 확인한 아버지께서 안도의 한숨을 쉬었다. 그리고는 생각했다.

지금 자신들이 앉아 있는 이 판자 밑에는 대체 무엇이 있을까? 오늘 온종일 기차의 의자를 들어내고 궤짝들을 실었었다. 깨지는 물건이 많으니 조심하라고 했다. 깨지는 물건이라니 무기는 아니다. 물론 쌀 같은 곡식도 아닌 것 같았다. '대체 어떤 중한 물건들이길래 사람 대신 부산으로 가나?' 하는 의문이 들었었다.

2020년 대한민국

    2020년의 대한민국은 통일된 하나의 국가는 아니었으나 서로를 하나의 국가로 인정한 가장 사이좋은 이웃 국가로 빠른 경제적, 문화적 성장을 하고 있었다. 기적은 2000년 전격적으로 이루어졌다. 박 대통령이 대한민국의 헌법을 거스르면서까지 두 번째로 대통령으로 취임한 2000년 1월 1일 북한의 지도자 김정은은 박 대통령에게 축하 전화를 걸었다. 전 정권은 북한을 주적으로 규정하고 한·미·일의 협력으로 방향을 잡고 북한과의 모든 대화를 중단하였다. 그리고 국제사회에 끊임없이 북한에 대한 비난을 계속하였고, 국제사회가 북한과의 무역을 철저히 막아 북한을 경제적으로 고립시켜야 한다고 하였다. 이에 미국과 일본도 적극적으로 동조하였다. 국제사회에서는 이제 곧 북한에서 핵 도발을 일으킬 거라는 우려가 팽배하였다. 북한은 벌써 수년 전부터 군 장비나 기술에서 남조선에 뒤떨어져 이제는 도저히 군인의 수가 더 많다는 것 이외에는 남조선을 따라 잡을 수가 없었다. 궁지에 몰린 북한이 더 이상 독재의 체제를 유지할 수 없을 경우 쥐도 구석에 몰리면 고양이를 문다는 심정으로 핵미사일 버튼을 울산이나 포항 또는 제주로 날릴 것이라고 국제정세 전문가들은 입을 모았다.

한류의 열풍으로 외국인들의 관광객 수가 해마다 새로운 수를 갱신하였으나 핵전쟁이 곧 일어날 것이라는 소문은 세계적으로 확산되었고 이에 따라 외국인 관광객은 급감했으며 제주에는 해외관광객이 0명이었다. 세계인들은 대한민국의 정세를 관망하며 네이버 동영상으로 한국의 드라마와 영화를 감상하거나 한국의 젊은이들이 올린 먹방이나 대한민국의 구석구석을 찍은 동영상을 즐길 수밖에 없었다. 한국인들도 불안하기는 마찬가지였다. 부자들은 앞을 다투어 해외로 피신하였다. 전

재산을 팔아 장기 해외 여행길에 오르거나 외국에 시민권, 영주권을 신청하여 한국을 떠났다. 대한민국 창국 이래 처음으로 서울의 집값이 곤두박질쳤다. 대한민국 기업들의 주식 또한 휴지 조각이 되었으며 기업들은 도산하였고 실업자들이 거리를 메웠다. 직업을 잃은 사람들은 너나 할 것 없이 국회의사당과 청와대 앞으로 몰려와 생계를 책임지라고 시위를 하였다. 지방에서는 대형 버스로 사람들이 연일 서울로 올라왔고 달러 또한 치솟았다. 한국에 투자했던 기업들도 막대한 손해를 감수하고 떠났으며 평택에 주둔하였던 미군들 또한 본국의 소환 명령으로 다들 떠나 평택시는 유령도시가 되었다. 강남의 아파트들도 텅텅 비었다. 그 비쌌던 아파트들이 팔리지 않아 주인들은 친구나 친척 주변의 지인들에게 와서 공짜로 살라고 하고 내주고 떠났다. 그나마 조금이라도 남을 배려하는 마음이 있던 부자들은 NGO 단체에 집의 소유권을 넘기고 해외로 떠났다. 멀리멀리~. 일본, 중국, 아시아 국가를 제외하고 미국이나 유럽으로 아주 멀리.

　IMF도 대한민국을 외면했다. 핵전쟁이 일어난다면 대한민국은 회생불능이다. 회생불능의 나라에 IMF가 돈을 풀을 리 만무했다. 제주 역시 서해 바다 썰물에 물이 빠지듯 서서히 사람들이 빠져나갔다. 유일하게 대한민국의 땅 중에 땅값이 오르는 곳들은 휴전선 인근 지역들이었다. 이 지역들의 땅값은 천정부지로 올랐다. 땅 주인들은 이미 휴지 조각이 되어버린 대한민국 화폐를 거부하고 금이나 미국의 달러 혹은 유로화를 요구하였다. 강남의 호화 아파트들이 텅 비어버린 것과는 정반대의 현상이었다. 어제까지 말만 잘하면 거저 주었던 맹지의 땅들이 금싸라기가 된 것이었다.

심지어 비행기 표를 사서 아이들을 해외 보낼 형편이 안 되는 가족의 부모들은 자신의 장기를 팔았다. 중국의 부자들에게. 한쪽 눈, 한쪽 신장, 간, 팔 수 있는 장기는 다 팔았다. 자식이 여럿인 부모들은 죽기를 각오하고 양쪽 눈, 양쪽 신장, 간을 몽땅 팔았다. 그리고 자신들의 아이들을 북유럽이나 남미행 비행기에 태웠다. 워낙 흔해진 한국인 장기 때문에 장기들의 가격은 겨우 편도 비행기 가격밖에 되지 못했다. 유럽이나 남미 공항에 도착한 아이들은 국제 고아들이 될 것이다. 떨어지지 않으려는 자식들을 억지로 떼어 출국장 게이트로 들이밀며 부모들은 울부짖었다. 자신들이 이 별에 태어난 것을,

이 땅 대한민국에 부자가 아닌 가난한 부모로 살아온 것을. 전생에 무슨 죄를 지어서인가? 부모들은 이 아이들이 해외에서 국제 난민으로 떠돌며 못된 인간들을 만나 인신매매를 당하거나 자신들처럼 장기 매매의 대상이 될까 봐 두려웠다. 어제까지만 해도 대한민국은 세계 최고의 국가였다. 복지는 사회 곳곳에 안 미치는 곳이 없었으며 공부할 마음만 있으면 국가가 모든 비용을 대어 해외유학비도 지원해 주었다. 현지 체재비와 용돈도 충분히 지원해 주었다. 김구 선생님께서 말씀하셨던 남을 짓밟고 일어선 나라가 아니라 문화로 부를 이룬 문화 강국이었다. 국가가 만든 나라가 아니라 국민 개개인이 만든 나라였다. 그런데 그런 나라가 하루아침에 망했다. 폭삭 망했다. 국민들은 허탈했다. 부자들이 부러웠다. 가족 전체가 해외로 나간 부자들이 난생처음으로 부러웠다.

그런데 이런 반전이! 2020년 1월 1일 박 정부의 배가 돛을 올리자마자 미국의 축하 전화가 오기도 전에 청와대 대통령 집무실로 걸려온 첫 전화가 북한의 김정은 지도자의 전화였고 그는 "박 대통령님, 당선 축하드립네다. 내 대통령님께 새해 선물 하나 드리갔시요. 우리 오늘 이 순간부터 정치적, 경제적, 문화적 협력을 하시자요.

우리 두 국가가 지금부터 가장 가까운 친구의 나라로 함께 가는 기지요!"라고 했다. 박 대통령은 할 말을 잊었다. 이럴 수가! 이렇게 기쁜 소식이! 고조선 창건 이래 5천 년 유구한 역사 이래 가장 어려운 난국을 맞이했다고 생각하고 있던, 이때 압도적인 표 차이로 임시 대통령으로 당선되어 청와대로 들어왔다. 절체절명의 위기감에 전 정권의 대통령은 스스로 대통령직을 내놓고 국민투표로 새 대통령을 뽑아야 한다고 입장을 표명하였다. 그러면서 이 난국을 타개하고 북한과 대화의 물꼬를 틀 대통령은 박 전 대통령밖에 없으니 한시적으로 박 전 대통령도 피 투표권을 갖게 하자고 제의하였다. 모든 국민들은 환호하였다. 열성적인 극우단체의 몇몇을 제외하고 거의 100퍼센트의 국민들의 지지로 박 대통령은 한시적으로 이 어려운 정국이 타개될 때까지만 대통령직무를 수행한다는 조건으로 청와대에 발을 들여놓았다. 천근만근 되는 발걸음으로.

그런데 그에게 걸려 온 첫 전화가 북한 최고 지도자 김정은의 전화였고 그가 가장 가까운 이웃이 되자고 한 것이다. 눈에 물이 차올랐다. 물론 기쁨의 눈물이었다.

"진…심…이시지요?" 혹시나 자신을 안심시켜 놓고

핵미사일을 날리려는 거 아닐까 의심이 들기도 하였다.

"하! 하! 내레 정신 나가지 않았시요! 내가 핵을 낼리면 남조선도 핵을 날릴 텐데, 내가 왜 핵을 쏩네까? 나도 다 알고 있시요. 남조선이 미 제국주의자 눈을 피해 핵을 보유하고 있다는 걸. 어데 있는지 내레 모를 줄 알았습네까? 그 백두대간 어디 메인지 내가 꼭 집어 말할 수 있습네다."

"허! 허! 허! 그러시군요… 그랬군요…."

다시금 눈에 기쁨의 눈물이 차오르고 눈물이 주르륵 뺨을 따라 떨어져 대통령 집무실의 양탄자 위로 떨어졌다. 대통령과 함께 신년 인사를 하러 집무실로 들어온 장·차관들, 비서진들은 김정은의 말소리는 들리지 않았으나 수화기 너머 들리는 김정은의 호탕한 웃음소리와 대통령이 흘리는 눈물이 기쁨의 눈물이라는 것은 충분히 알 수 있었다. 그들은 김정은이 무언가 좋은 소식을 전하고 있다는 것만은 알 수 있었다.

2024년 별,
보리 그리고 어진이

2024년 스무 살이 된 보리를 별은 도저히 이해할 수 없었다. 그동안의 모든 보리는 항상 차분하고, 모든 생명들을 배려하고 한결같이 별을 사랑했다. 그런데 이번 생의 보리는 이상했다. 감정의 기복이 심하고, 거짓말을 수시로 했으며, 걸핏하면 소리를 지르고, 보리 자신만을 사랑했으며, 가장 별이 이해할 수 없는 것은 보리가 별 이외에 다른 사람을 사랑하기도 한다는 것이었다. 남자 사람을. 보리가 꽃들을, 사람 이외의 다른 생명들을 사랑하는 것은 이해할 수 있었다. 그런데 별 이외의 다른 사람을, 남자 사람을 사랑한다는 것을 별은 도저히 이해할 수 없었다. 그리고 이번 생의 보리 역시 전생을 전혀 기억하지 못했다.

훗날 별은 이 모든 보리의 이상함들이 보리의 불안에서 오는 것임을 이해할 수 있었다. 하지만 그때의 별은 몰랐다. 보리가 아주 오래전 사람인지 호랑이인지 구분이 안 가는 괴수의 이빨에 심장을 물어뜯겨 별의 두 팔에 안겨 피를 흘리며, 숨을 거두는 일이 다시 일어날지도 모른다는 불안함에 보리가 그 모든 이상한 일들을 반복한다는 것을.

하지만 어진은 알았다. 본인도 가늠할 수는 없었으나 설명할 수 없는 불안감에 몸을 떨었고, 반복되는 악몽에 벌떡벌떡 자리를 박차고 꿈에서 깨어났다. 그 꿈은 오로지 하나였다. 커다란 어떤 생명체의 이빨이 보리의 심장에 박히는. 어진이는 안 된다고, 안 된다고 제발 그 괴수에게 내 심장을 내어줄 테니 보리를 공격하지 말아달라고 애원을 하려 하지만 목소리는 목에 가시처럼 걸려 나오지 않고, 오른발이 땅에서 떨어지지 않아 한 발자국도 앞으로 나가지 않았다.

어진은 눈을 질끈 감으며 어머니에게 기도했다. '제발, 제발 어머니! 전 다시 이 초록별에 돌아오지 못하고 다시는 보리를 만날 없어도 좋으니 보리를 지켜주세요. 제발 보리를 살려주세요!' 끊임없이 빌고 빌며 눈물로 호소하며 깨어났다. 꿈에서 깰 때마다 어진이의 얼굴은 온통 눈물로 얼룩져 있었다. 그런 밤이면 어진은 뛰쳐나가 어둠 속을 뛰었다. 과연 무슨 일이 일어나려고 이런 불길한 꿈을 반복한다는 말인가?

2000년대의 대한민국 서울에는 호랑이가 없다. 물론 동물원에 갇혀 있는 호랑이는 있다. 하지만 강한 철창 안에 있는 호랑이가 동물원을 빠져나와 보리를 해치는 일은 없을 것이 아닌가? 아니, 아니 그런 일이 없으란 법은 없지. 보리와 별의 절친인 어진은 보리가 동물원에 가지 않도록 세심하게 배려했다. 간혹 보리가 동물원으로 소풍 가자고 해도 어진은 싫다고 동물 털 알레르기가 있어서 가기 싫다고 했다.

항상 고양이와 함께 사는 어진이 동물 털 '알레르기'라고? 어진은 길거리에 버려진 고양이만을 전문으로 치료하는 동물병원 원장이다. 어진의 병원에는 때론 백여 마리의 유기된 고양이들로 가득할 때도 많다. 그렇게 많은 고양이들이 어느 한순간 입양되어 썰물이 빠지듯 어진의 병원에서 새로운 집사를 만나 어진의 곁을 떠난다.

그렇다 하여도 한 마리도 남지 않을 때는 없다. 백여 마리의 고양이들이 들끓을 때는 정신이 하나도 없다. 그땐 별도 보리도 그리고 그 셋의 여러 친구들이 병원으로 출근하다시피 해야 한다. 주로 부상을 입고 어진의 병원으로 오는 고양이들이 대부분이라 별과 보리 그리고 친구들은 어진이의 보조원으로 간호사 역할을 해야 했다. 이젠 별도 보리도 전문 고양이 간호사가 다 되었다. 유기된 고양이들의 수술비와 약값도 어마어마했다. 별과 보리의 대부분의 수입이 이 고양이들의 수술비와 약값으로 들어갔다. 그렇다 하더라도 그 많은 고양이들의 수술비와 약값에는 턱없이 부족하였다. 그 모든 수술을 어진이 혼자 감당하기 어려워 여러 친구들이 자원봉사를 해주었으나 많은 경우 출장비를 주고 동물병원 의사를 초빙하여야 했기에 수술비도 엄청났다. 어진은 수술 후에도 심한 장애를 갖게 된 고양이들, 곧 죽음을 맞이할 노쇠한 고양이, 한쪽 다리 심지어 네 다리를 교통사고로 잃은 고양이, 양쪽 눈을 다 잃은 고양이들은 본인의 집에서 키웠다. 그러니 어진은 24시간 털 있는 동물, 고양이들과 함께였다.

별은 왜 어진이 한 번도 여인과 사랑에 빠진 적이 없

느지 이해할 수가 없었다. 어진에게 푹 빠진 여인들은 수없이 많았다. 심지어 남자들도. 어떤 여자 하나와 남자 둘이었던가? 받아들여지지 않는 사랑에 상심하여 스스로 생을 마감하였다. 어머니는 이들에게 자비를 베풀었다. 자살은 가장 큰 죄로 환생에서 제외된다. 자살한 생명체의 별도 소멸된다. 그러나 어머니는 그 죄를 어진에게 물었다. 네가 뭐가 그리 잘나서 소중한 생명이 스스로 생을 마감하는 죄를 짓게 만들었냐고. 그래서 그 생명들은 소멸의 벌을 받지 않고 다시 초록별로 돌아와 그들의 생 동안 다시는 어진을 만날 수 없도록 어머니의 보살핌을 받을 수 있었다.

보리는 천재 AI 과학자이다. 스무 살의 나이에 KIST를 졸업하여 대한민국 과학기술부의 AI팀의 팀장으로 일한다. 보리는 서울과 평양을 일주일에 한 번씩 출장 다니며 일하는 괴팍한 천재 과학자였다. 스무 살의 최연소 팀장을 그 누구도 좋아하지 않았다. 보리는 주로 로봇을 연구하였다. 사람과 똑같이 생긴 로봇. 체격도 사람과 같고 사람의 감정을 읽을 수도 있다. 정확히는 아니지만, 사람이 눈물을 흘리면, 로봇의 눈에 사람이 눈물을 흘리고 있다는 것을 인지하면 그다음은 로봇이 손을 뻗어

볼에 흐르는 눈물을 닦아주고 그다음 사람을 살며시 안아주는 것까지도 할 수 있는 로봇…. 보리는 한 소설의 내용을 인용하여 엄청난 연구자금을 대한민국이 아닌 국제기구에서 받았다. 보리는 다음과 같이 국제구호기구에서 연설했다.

"한국의 한 소설가가 이야기했습니다. 인간이 바퀴를 발명한 지가 벌써 천 년이 넘었는데 아직 휠체어가 계단을 오르지 못해 휠체어를 탄 장애인이 계단 위의 세상을 보지 못하는 건 말이 안 된다고. 저는 지금 휠체어가 계단을 오르는 것이 아니라 힘센 로봇이, 이상한 괴물같이 생긴 로봇이 아니라 최대한 인간과 같은 모습으로 만들어진 로봇이 보행이 어려운 이들을 번쩍 안거나 업어서 계단을 같이 오르게 만들고 싶습니다. 평균수명이 늘어나는 현대 사회에 우리 모두 노후에 휠체어 신세를 질지 모르는 일입니다. 그리고 태어날 때부터 아니면 어린 나이에 사고로 휠체어에 앉아야 바깥으로 나와야 하는 어린이들에게 계단 너머의 세상을 보여주고 싶습니다."

보리의 연설에 심사위원은 모두 감동받고 엄청난 금액의 연구비용을 책정해 주었다.

보리의 초등학교 졸업식 날, 같은 초등학교를 졸업하

는 어진이 물었었다.

"보리야, 넌 커서 뭐가 되고 싶어?"

"음, 나는 커서 KIST 박사가 될 거야. 그래서 월곡동에 있는 KIST 아파트에 꼭 살 거야."

"그 오래된 아파트에? 왜?"

"오래되었으면 어때? 나 거기 한번 들어가 보았는데 호수 주위로 벚꽃이 만개해 있고, 수양버들이 바람에 산들거리는 게 너무나 멋있었어. 아! 여기가 내가 살 곳이구나. 여기 살면서 매일, 매일 이 호숫가를 산책해야지 하고 다짐했어."

"그래 보리야! 넌 꼭 네 꿈을 이룰 거야. 내가 응원할게!"

스무 살의 보리는 별과 결혼하여 KIST 아파트에 입주할 수 있었다. 불과 며칠밖에 못 살았지만.

보리, 별 그리고 어진 셋이서 보리와 별의 집에서 저녁 약속을 했다. 보리와 별이 신혼여행에서 돌아온 후 처음으로 셋이 뭉친 저녁이었다.

보리와 별의 결혼식 날 조각조각 깨어진 심장을 품은 어진은 정성 들여 가장 아끼는 옷을 입었다. 보리가 초등학교를 입학하던 날 어진은 별 몰래 보리에게 물었다.

일곱 살 소녀 보리에게 일곱 살 소년 어진이 물은 것이었다.

"보리야, 초등학교 입학 선물로 무엇을 가지고 싶니?"

똘망똘망한 눈망울로 보리는 한참이나 어진을 바라보았다. 나중에 생각해 보니 아마 1분쯤 되는 시간이었던 것 같다.

하지만 그 1분이 어진에게는 마치 1시간 아니 아주, 아주 긴 영겁의 시간처럼 느껴졌었다.

어진은 그 영겁의 시간 동안 간절히 기도했다. 어머니께.

'어머니! 전 이제 지쳤습니다. 다시 이 별로 돌아와 보리를 보지 못한다 할지라도 이 생에서만큼은 보리에게서 친구가 아닌 남자를 향한 사랑을 받을 수 있게 도와주세요… 이번 생의 전부가 아니어도 좋습니다. 10년, 아니 1달도 좋습니다. 아니, 아니 단 하루라도 좋습니다. 어머니, 도와주세요. 제발….'

그런데 일곱 살 보리의 입에서 나온 말은 다소 엉뚱하게도 '고양이'였다.

"고양이?"

어진은 너무나 황당해서 보리를 물끄러미 바라보다 물었다.

"보리, 너 고양이 싫어하지 않니? 고양이 눈동자를 보면 무섭다고. 아주 아주 꼬맹이 때부터. 근데 왜 갑자기 고양이?"

보리의 대답은 일곱 살 어진의 상상을 뛰어넘었다.

"지금도 고양이 눈을 보면 무서워. 근데 내가 TV에서 고양이가 나오는 다큐멘터리를 보았는데…."

일곱 살 어진이 물었다.

"다큐멘터리? 그게 뭔데?" 일곱 살 어진은 이해할 수 없는 단어였다.

"음… 다큐멘터리를 뭐라고 말해야 할까? 음…."

어진의 귀에는 귀여운 보리의 머리 안에서 열심히 답을 찾는 뇌세포들이 데굴데굴 굴러가는 소리가 들리는 듯했다.

"나도 딱 이거다! 하고 꼬집어 말할 수는 없는데, 근데… 음…."

뭐라고 설명해야 일곱 살 어진이 이해할 수 있을까. 보리가 궁리하는 듯했다.

"어진아, 음… 다큐멘터리는 무언가 물건이나 동물, 사람 중 하나를 정해서 그것에 대해 정확하게 그 특징을 파악하는 것을 여러 사람들이 볼 수 있게 TV나 컴퓨터에서 보여주는 거야."

"음~ 그게 다큐멘터리이구나! 잘 알겠어요. 보리 선생님."

"그 다큐멘터리에서 고양이를 주제로 아주, 아주 많은 고양이에 대해 보여주더라고. 고양이와 개의 분명한 차이는, 고양이는 자기를 키워주는 사람을 자신의 하인으로 본대."

"하인?"

"음. 뭐 하인이라고 하긴 좀 그렇고, 뭐 자신의 뒤치다꺼리를 대신해 주는 그런 존재라고 생각한다는 거야. 그리고 개는 자신과 함께 살고 있는 사람들을 가족으로 여긴대. 그리고 웃긴 건 가족들의 서열을 정하고 자신을 맨 뒤에서 두 번째로 두고는 맨 뒤의 가족은 무시한대, 한마디로 사람들과 같이 살면 자신을 사람으로 안다는 거지."

"그럼 보리야, 넌 다른 사람들이 너의 하인이면 좋을 거 같아?"

"뭐, 어때! 착한 여왕이 되면 되지."

"착한 여왕~?"

"음, 착한 여왕으로 하인들을 잘 다스리고, 맛있는 것도 나누어 먹고, 좋은 옷도 나누어 입으면 되지."

"그렇구나. 그래서 고양이를 가지고 싶은 거야?"

"그래, 정말 고양이가 같이 사는 나를 하인으로 여기는지 아닌지 보려고."

"근데 너 전에는 물고기가 제일 좋다고. 다음에 태어나면 물고기로 태어나고 싶다고 했지 않아?"

"음. 물고기도 우아하잖아? 여왕 같이 서두르지 않고. 어진, 너 아니? 물고기는 잘 때도 눈을 뜨고 잔대. 얼마나 멋있어. 눈을 똑바로 뜨고 세상을 보고 있다니⋯."

일곱 살 어진은 보리의 말들을 잘 이해할 수 없었으나 보리가 초등학교 입학 선물로 물고기 대신 고양이를 원한다는 것을 알았다. 어진이 아니라. 별도 아니었고.

이때부터 어진은 길거리 고양이들의 아버지, 고양이 슈바이처, 한국의 고양이 이종욱 박사가 되었다.

보리와 별의 결혼식 이후 어진의 깨어진 심장에서 흐르는 핏물은 계속 흘러, 어진은 물 한 모금 목구멍으로 넘길 수 없었다. 심장의 시뻘건 피가 위를 채우고, 배 속의 모든 장기를 가득 채워 입안에 가득 고이는 듯했다. 어진은 그 어떤 음식물도 몸속으로 밀어 넣을 수가 없었다. 온몸에 슬픔이 차올라 너무나 무거워진 어진은 손가락 하나 들 힘이 없었다. 보리와 별의 결혼식 이후 어진은 침대에 누워 차오르는 슬픔을 몸 밖으로 밀어내려 필사적으로 노력했다. 하지만 어진의 몸 어디에 슬픔의 샘이 있는지 슬픔은 끊임없이 솟아나 어진의 몸을, 침대를, 어진의 침실을, 어진의 아파트 전체를 채우고도 그칠 줄 몰랐다.

어진의 고양이들은 끊임없이 어진의 주위를 맴돌며 어진을 침대 밖으로 끌어내려 노력했다. 어떤 놈은 어진의 눈물을 혀로 핥고, 어떤 놈은 어진의 손을, 어떤 놈은 어진의 발을, 어떤 놈은 어진의 정강이를…. 그러다 그들도 지쳤는지 포기하고 어진의 주위에 꼭 붙어 몸을 동그랗게 말고 꼼짝도 하지 않았다.

"안녕, 주인님들! 어서 가서 물 마시고 밥 먹어. 난 괜찮아. 한숨 자고 일어나면 다 괜찮아질 거야. 그러니 어여 이 방에서 나가 물 마시고 밥 먹어."

평소에는 어진의 눈빛만 봐도 어진이 무엇을 원하는지 눈치채고 행동했던 그들도 이번에는 완고하게 버티었다. 어느 고양이 한 마리도 어진의 주위를 한시도 떠나려 하지 않았다.

"난 말이야 다음에는 고양이의 모습으로 초록별에 올

거야. 그래서 보리의 고양이가 될 거야. 내가 항상 보리의 곁에서 보리를 지킬 거야. 보리가 별보다 나를, 이 반쪽이를 더 사랑하게 만들 거야. 꼭, 꼭, 꼭…. 그리고 이 반쪽이의 고양이의 열 개의 삶 중 아홉 개를 보리에게 줄 거야. 보리가 별과 함께 아주, 아주, 아주 오랫동안 행복하게 살 수 있도록. 난, 난… 단 한 번이면 돼. 단 한 번만 보리에게서 이성에게 주는 사랑을 단 한 번만 받으면 돼… 친구가 아닌 이성에 대한 사랑… 반쪽이가 아닌 한 쪽이의 삶을 단 한 번만 살아보면 돼. 난 그걸로 충분해…."

어진의 볼을 타고 흐르는 눈물을 두 눈을 다 잃어버린 깜장이가 혀로 핥았다.

'안다, 안다, 안다. 네 마음을, 애달픈 너의 반쪽짜리 사랑을….'

반쪽이 주위의 모든 고양이들도 반쪽이를 따라 눈물 흘렸다.

어머니도, 물론 어진의 별도, 그리고 어머니의 모든 별들도….

초록별의 모든 하늘에서 방울방울 이슬비가 내렸다. 오랜만의 단비였다.

농부들은 하늘을 쳐다보며 신께 감사드렸다. 오랜 가

뭄에 논바닥, 밭이랑들이 쩍쩍 갈라져 그 어떤 곡식의 종자도 뿌릴 수도, 심을 수도 없어 한 해 농사를 다 망치겠다고 발을 동동 구르던 그때 내린 단비였다.

한반도 구석구석 산골 외진 마을의 나이 든 촌부들은 정성껏 상을 차려 하늘에 고마움을 표했다. 바닷가 작은 마을들의 아낙들은 분주히 갖가지 전과, 육 고기, 온갖 나물들을 상에 올렸고, 촌장을 선두로 나이순으로 차례차례 남, 여, 아이들 할 것 없이 걸음을 걸을 수 있는 노인부터, 아장아장 걷는 아가들까지 모두 각자의 신께 감사하는 절을 올렸다.

사실 그 비는 어진의 눈물이었음을 어머니 이외엔 아무도 몰랐다. 물론 보리도, 별도….

어진이 보리와 별의 신혼집에 도착해서 벨을 누르니 별이 문을 열어주었다.

"어서 와. 어진아."

"신혼여행은 즐거웠지? 보리는?"

"어서 와 어진, 나 여기 있어."

색동 앞치마를 두른 보리가 주방에서 어진에게 반갑게 인사했다.

"다시 한번 결혼 축하해!"

가지고 온 수국 꽃다발을 보리에게 전하며 어진이 말했다.

"와! 하늘색 수국 너무 예쁘다. 고마워 어진."

"근데 보리, 너 음식도 할 줄 알았어?"

"요즘은 웬만한 음식은 밀키트로 배달하면 돼. 우선 우리 밥 먹으면서 신혼여행 이야기해 줄게."

"갈비찜, 잡채, 전 그리고 메인 음식은 샤브샤브구나. 맛있겠다. 음식 준비하느라 고생했네."

"아니야. 어차피 밀키트로 배달해 온 거고, 별과 함께 한 건데 뭐. 자 먹자. 별 와인 좀 따줘."

"알겠습니다. 마님. 최고급 레드 와인으로 대령하겠습니다."

별이 크리스탈의 둥근 와인 잔에 와인을 따랐다. 그리고

"자! 건배."

쨍하는 크리스탈 와인 잔의 울림을 음미하며 서로 한 모금을 와인을 머금었을 때 별의 전화기가 울렸다. 모르는 번호였다. 별이 전화를 받았다.

"This is Andrew's father. Just listen to me. I do want to talk with you only."(앤드류 아빠입니다. 듣기만 하세요. 당신하고만 이야기하고 싶습니다.)

한미사령관의 심각한 목소리에 별은 전화기를 들고
자리에서 일어났다.

"별, 어디 큰 화재가 났어?"

"잠깐 통화 좀 하고 올게. 어서들 먹고 있어."

별은 황급히 전화기를 들고 발코니로 나왔다.

"This is the emergency situation. The Japanese will attack the Nuclear soon to Korean peninsula. Now we are starting to take out all US citizens and our army from Korean peninsula. Already US Army and their famililes in Japan are taking the boat and heading to Hawaii. I had the appointment with Eojin and Bori before. When I will have the chance to save their lives I must do. This is the time I will keep my words. Please bring her to Pyeongtek. I will send you the address by text massage. Better Eojin drive and take her. I am so sorry there is no space for you Byeol."(긴급상황입니다. 일본이 한반도에 곧 핵 공격을 시작할 것입니다. 우린 한반도에서 미국 시민들과 군대를 철수시키고 있습니다. 이미 일본에 주둔 중인 미군들과 대사관과 그 가족들 모두 미군함을 타

고 하와이를 향하고 있습니다. 어진과 보리에게 약속을 한 적이 있습니다. 만약 내가 그들의 목숨을 구할 기회가 주어진다면 꼭 그렇게 하겠다고. 지금이 그때입니다. 그녀를 평택으로 데려오십시오. 주소를 문자로 보내드리겠습니다. 죄송합니다. 별, 당신을 위한 자리는 없습니다.)

할 말을 마친 한미사령관이 전화를 끊었고 곧 주소가 문자로 전송되어 왔다. 멍하니 그 문자를 보고 있는데 어진이 테라스 문을 열고 나왔다.

"나도 한미사령관에게서 문자를 받았어. 별, 네가 보리를 데리고 가. 내 자리를 네게 줄게. 너 없이 보리는 살 수 없으니."

"무슨 소리야? 그들이 명단에 없는 나를 받아줄 리 없지 않아? 그리고 넌 알잖아? 내가 불멸의 존재인걸. 보리를 데려가. 그리고 보리에게 이야기해 줘. 나는 불멸의 존재이니 곧 보리에게 가겠다고. 보리가 이해할 수 있도록 우리의 윤회에 대해 이야기해 줘."

"그래, 그럴게! 금방 우리에게로 와야 해!"

"보리에게 수면제를 먹일게. 보리가 잠들면 내가 평택까지 운전해서 데려다줄게. 잠시만 보리를 부탁해!"

"그래, 알았어."

네 개의 눈동자가 비장하게 서로를 응시했다. 그들의 목표는 단 하나 '보리를 살리자!'였다.

별은 침실로 가 보리의 수면제를 침대 옆 협탁 서랍에서 꺼냈다. 하나, 둘, 셋, 넷…. 열 알을 엄지손가락으로 짓눌러 가루를 만들었다. 신경이 예민한 보리는 신혼여행 가기 전까지 수면제 없이 잠들지 못했다. 그녀의 정신과 의사는 졸피뎀 한 알이 안 듣자 졸피뎀을 보조해서 수면을 유지시켜 주는 알약을 처방했다. 그마저 안 듣고 1시간밖에 잠을 자지 못하자 멜라토닌 한 알을 추가로 처방했고 거기에 내성에, 내성이 생겨 더 이상 안 듣자 보리가 이름을 제대로 기억하지도 못하는 노란색 수면유지제를 한 알 더 처방했다. 도합 네 알을 먹고도 보리는 하루 2시간 이상 잠을 자지 못했다. 본인 스스로도 그 원인을 알지 못해 수면유지 프로그램을 하는 클리닉센터 이곳저곳을 전전했으나 그 원인을 찾지 못했다. 보리 스스로는 악몽 때문이라고 생각했다. 구체적으로 무슨 악몽인지는 알지 못했으나 확실히 기억하는 것은 꿈의 엔딩은 항상 본인이 죽는 악몽이었다.

보리는 정신과 의사에게 졸피뎀의 복용약을 늘려달라고 했으나 의사는 만류했다. 졸피뎀은 절대 늘릴 수 없으니 다른 신경 안정제 약을 늘려주는 것 이외에는 방법이 없다고 하였다.

급기야 보리는 의사에게 거짓말을 하기 시작했다. 한 달간 평양으로 출장을 가니 한 달 분의 약을 처방해 달라고. 사실 일주일의 출장이었다. 그리고 일주일 뒤 다시 병원에 찾아가 약을 잃어버려 출장을 서둘러 마치고 돌아왔다고 하면서 다시 한 달 치 약을 탔다. 이런 식으로 보리는 수면제를 모아 하루 두 알의 졸피뎀을 먹어야만 6시간 수면을 취할 수 있었다. 그래도 보리의 꿈의 엔딩은 항상 자신이 죽는 꿈이었다.

그래도 다행히 보리는 별과의 신혼여행 중에는 많이 안정을 해서 수면제 없이 잠에 들었다. 그 둘의 신혼여행은 백두대간 종단이었다. 열흘 동안 하루 종일 천천히 걸었다. 그동안 별은 보리에게 많은 이야기를 해주었다.

그 이야기를 들으며 보리는 감탄했다.

"별. 난 별이 이런 이야기꾼인지 몰랐어. 소방관 은퇴하면 소설 쓰는 작가 하면 되겠네!"

사실 그 모든 이야기들은 지난 생의 별과 보리의 이야기 들이었으며, 보리가 별에게 들려주기 위해 지어낸 이야기들이었다.

하루 10시간 이상 걷고 심리적으로 많이 안정되어서 인지 보리는 백두대간을 걷는 내내 수면제 없이 잠을 잘 수 있었다. 그래 봤자 하루는 3시간, 하루는 6시간이 기를 반복했지만.

어떤 이유에서인지 보리는 열여덟 살 이후 하루는 컨디션이 좋고 하루는 컨디션이 나쁜 것을 반복했다.

별은 열 알의 수면제 가루를 손바닥에 쥐고 침실을 나왔다.

"별! 무슨 일이야? 어디서 큰불이라도 났어? 얼굴이 너무 심각해!"

"아니, 아니야, 아무것도…."

"보리 미안한데 샤브 국물이 식었네. 다른 그릇을 가져다줄래? 내가 통화하는 동안 너무 식었네, 미안해!"

"음! 노 플라블럼!"

보리는 웃으면서 식탁에서 일어나 더운 새 국그릇을 가지러 싱크대로 가서 새 국그릇을 가져왔다. 그리고 그 사이 별은 보리의 와인 잔에 수면제 가루를 넣고 가만히 잔을 흔들었다. 그리고 어진과 의미심장하게 눈을 맞추었다.

김이 모락모락 나는 국물이 담긴 국그릇을 쟁반에 받

치고 보리가 식탁으로 돌아와 별의 국그릇을 바꾸어 놓았다.

"자! 우리 다시 한번 건배하자. 어진아 우리 신혼을 축하해 주러 와서 너무 고마워! 우리 정말 잘 살게. 그리고 우리 셋의 우정은 절대 변하기 없기다! 우리 셋 삼총사의 구호를 외치면서 건배하자."

"One for All! All for One!"

언제나 함께였던 셋은 스스로를 삼총사라 불렀고 영화 삼총사에서 삼총사들이 서로 외쳤던 구호를 술을 마실 때면 언제나 건배사로 외쳤었다.

"One for All! All for One!"

보리는 술자리를 즐겼으나 술이 세지는 못했다. 보리는 전형적인 안주 공주였다. 술을 이기지 못해 맥주 반잔에도 온몸이 빨갛게 변해 스스로 "나 지금 토마토야. 온몸이 빨개." 하면 별과 어진은 웃으며 토마토 몸 한번 보고 싶다고 보리를 놀렸었다.

이에 비해 별은 아무리 마셔도 취하지 않는 편이었으며, 어진은 그다지 술이 세지 않아 술을 즐기는 편이 아니었으며, 보리가 카페라테 팬이었던 반면에 어진은 커피 역시 즐기지 않고 각종 허브티를 즐기는 편이었다. 식성 또한 보리가 편집적으로 몇몇 음식만을 즐기고 여러 가지 음식을 안 먹는 편이라면 어진과 별은 무엇이든 잘 먹고 외식을 할 때면 언제나 선택권을 보리에게 주었었다. 가령 보리는 모든 종류의 날것을 싫어했다. 생선회나 육회, 어패류를 보리는 기피했다. 이유는 누군가의 생살을 씹는 기분이 싫다는 것이었다. 심지어 젤리 같은 것도 씹을 때 물컹거려 남의 살을 씹는 것 같다고 싫어했으며 고기의 기름 부위 또한 먹지 못했다. 물론 생굴도 먹지 못했다. 그러면서 보리는 항상 "내 입 정말 저렴하지 않아?"하면서 스스로를 놀렸다.

"나한테 장가 오는 남자는 남는 장사라고. 비싼 회나 굴 요리 같은 거 사줄 필요 없이 기껏해야 생갈비 정도 사주면 되고. 난 스테이크도 비싼 소고기 스테이크보다 생선 스테이크 좋아하니까." 보리가 가장 좋아하는 음식은 생선구이였다. 그래서 꼬맹이 시절부터 자신은 생선 장사한테 시집가야겠다고 했고 어진은 농담인 듯 "내가 나중에 생선 장사 할게. 내 신부 해줘!"라고 농담처럼 애기했으나 그건 어진의 진심이었다. 항상….

와인 한 잔이면 거의 치사량 수준이었고 다량의 수면제 때문에 식사가 거의 끝날 무렵부터 보리의 눈이 자꾸 감기기 시작했다.

"나 이상해! 와인 한 잔에 이 정도로 졸리진 않는데, 나 취했나?"

"음! 보리야, 너 이 음식 만드느라 너무 피곤했나 보다. 치우는 건 별과 내가 함께 할게. 어서 침실로 가서 좀 누어서 한숨 자고 나와. 난 별과 식탁 치우고 차 마시고 있을게."

"그래! 어진 나 가서 10분만 자고 나올게. 그동안 가기 없기야!" 하고 보리가 침실로 들어갔다. 내내 먹는 둥 마는 둥 보리의 눈치를 보던 둘은 천천히 식탁을 치웠다. 15분 뒤 별이 침실로 들어가 곯아떨어진 보리를 사뿐히 안고 나와 어진과 눈을 맞추었다. 둘은 비장한 눈빛을 교환했다.

별이 운전석에 앉고 뒷좌석에 어진이 곤히 잠든 보리의 머리를 자신의 무릎에 놓고 뉘었다.

보리의 잠든 모습을 본 게 언제였던가? 평택으로 가는 내내 별과 어진 둘 다 그 어떤 말도 하지 않았고 차 안은 무거운 침묵에 도로를 달리는 것이 아니라 깊은 바닷물 속으로 잠기는 듯했다.

거의 자정에 가까운 시간에 평택 미군 부대 게이트 앞

에 도착했다. 수많은 차들이 게이트 앞에 도착했고 일사불란하게 차에서 사람들이 내리고 게이트 앞의 군인들은 신분을 확인 후 게이트 안으로 사람들을 들여보냈다. 모든 것이 물이 흐르듯 자연스러웠으며 한마디 말도 필요 없는 듯했다. 모든 것이 고요히 빠르게 진행되고 있었다. 게이트를 통과하는 모든 사람들은 미국사람들로 보였다. 주한 미군들의 가족, 주한 외교관들과 그 가족들로 보였다. 마침내 별이 운전하는 차의 차례가 되자 별이 운전석에서 몸을 돌려 잠든 보리의 얼굴을 가만히 쓰다듬으며 말했다.

"우리의 아름다운 신혼여행 중 내내 내가 해준 이야기들은 다 너의 이야기야! 우리가 다시 만날 때 그게 너의 모든 전생의 나와의 사랑 이야기라고 이야기해 줄게. 조금만 나를 기다려. 음?" 그리고 간절한 눈빛으로 어진에게 말했다.

"어진아! 보리를 꼭! 꼭! 꼭! 부탁해!" 어진 또한 몇 번이고, 몇 번이고 고개를 주억거리며 말했다. "걱정 마! 내 목숨을 걸고 보리를 지킬게!"

이번엔 어진이 보리를 품에 안고 차에서 내렸고 별이 따라 내려 챙겨온 보리의 신분증을 게이트 앞 미군에게 보여 주고는 보리를 어진에게서 받아 안았다. 그사이 어진은 품에서 신분증을 꺼내 미군에게 보여주었다.

보리를 안고 있는 1분이 너무나 길고 또 너무나 짧았다.

'보리야 꼭꼭 살아 있어야 해. 조금 아주 조금 몸은 다쳐도 돼! 하지만 많이 아파하지 말고 나를 기다려 줘! 꼭! 꼭! 꼭!'

다시 어진이 보리를 별에게 받아 안았다. 둘은 다시 눈빛을 교환했다. 꼭 다시, 반드시 다시 만나자는 눈빛이었다.

멀어지는 어진의 뒷모습을 별은 하염없이 바라보았고, 어진과 보리가 거의 마지막이었는지 곧 게이트는 닫히고 주위는 괴괴하게 고요했다. 마치 아무 일도 없었던 것처럼.

어진과 보리가 어진의 동물병원에서 다친 길냥이들을 돌보고 있는데 병원의 문을 열고 예쁘장하게 생긴 남자아이와 미군 한 명이 들어왔다. 아이의 품에는 피를 흘리고 있는 고양이가 있었고 남자아이는 한눈에 그 미군의 아들임을 알 수 있을 정도로 그 둘은 붕어빵이었다. 엄마는 분명 아시아계일 것이다. 세상의 아이들은 다 아름답다. 특히 혼혈의 아이들은 더 눈에 띄게 예쁘다.

남자아이는 한 열 살쯤 되어 보였다. 소년은 울먹이며 또렷이 한국어로 이야기했다.

"엘사를 살려주세요! 제 엘사를 살려주세요! 제발…."

얼른 어진이 고양이를 받아 안으며 물었다.

"교통사고니?"

"아니요. 큰 개한테 물렸어요. 길거리의 개한테. 순식간이었어요. 엘사한테 예방접종을 하고 동물병원을 나오는데 큰 개가 짖었어요. 놀란 엘사가 제 품에서 튀어나갔는데 그 개가 순식간에 엘사를 물었어요. 아빠가 개를 쫓아 보내고 엘사를 안고 동물병원으로 들어가 그 병원 원장님께 보였는데 그 병원 원장님이 이 병원에는 수술 장비가 없으니 여기 이 병원으로 가라고 했어요.

이 병원에는 동물들 수술 장비를 모두 갖추고 있고 원장님이 수술 경험이 많아 엘사를 꼭 살려주실 거라고요. 선생님 엘사를 살려주세요!"

어진이 손으로 고양이의 배를 가만히 내진했다. 엑스레이를 찍어봐야겠지만 개의 이빨이 깊숙이 박혀 갓난아이와 마찬가지인 아기 고양이의 내장이 온통 다 파열된 것이 거의 틀림없었다.

수술을 한다 해도 이미 출혈이 너무 많아 이 새끼 고양이를 살릴 수 있을지는 50 대 50이었다.

"우선 선생님이 엑스레이를 찍어볼게. 그리고 수술은 그다음이야. 보리! 나를 따라 들어와서 내가 엑스레이를 찍는 것을 도와줘."

엑스레이를 찍어보자 틀림없었다. 우선 급하게 수혈부터 시작하고 수술 준비를 했다. 보리와 수술 준비를 마치고 어진은 아이의 아빠만을 수술실로 들어오라고 했다. 보리에게 눈짓으로 그동안 남자아이와 같이 있어 달라고 얘기했다.

"All the organs are harmed. I am not sure I can save this life."(모든 장기가 손상되어 살릴 수 있을지 자신이 없습니다.)

"Please help! If I have a chance, I can help you and your friend. I will do my best. I swear I will keep my words."(도와주십시오. 제가 두 분을 도울 기회가 있다면 제가 꼭 두 분을 도울 것입니다. 약속드리겠습니다.)

장교로 보이는 남자는 군인다운 절제된 어투로 밖에서는 들리지 않게 조용히 그러나 묵직이 말했다.

"I am Eojin, My friend is Bori. We will do our

best!"(전 어진입니다. 제 친구는 보리이고요. 최선을 다하겠습니다.)

"Thanks a lot. My name is Allen Mayer. General Mayer. My boy's name is Andrew."(내 이름은 알렌 메이어입니다. 메이어 장군. 제 아들의 이름은 앤드류입니다.)

밖에서는 보리와 앤드류가 서로 통성명을 하며 보리가 불안해하는 앤드류를 달래고 있었다.

메이어 장군이 수술실을 나가 아들에게 갔고 이어 보리가 수술실로 들어왔다. 오늘은 어진과 함께 일하는 간호사 둘이 모두 출장을 나갔다. 모든 고양이들은 집 밖에 나가는 것을 싫어한다. 철저히 집 안에서만의 삶이다. 물론 길냥이는 다른 이야기이지만. 새끼 고양이들의 예방접종을 위해 집사들이 동물병원에 데리고 올 때는 불안해하는 고양이를 최대한 배려해야 한다. 자칫 이 앤드류의 고양이 같은 사고를 당할 수도 있다. 그래서 어진은 동네에 고양이들이 출산을 하면 그 집으로 간호사들을 출장을 보냈다. 새끼 고양이들의 예방접종 날에 맞추어. 어린 아기들의 예방접종을 엄마들이 챙기듯. 그리고 아파트에서 키우는 암 고양이들은 대부분 중성화 수술을 하는데 그땐 어진이 그 집으로 수술 장비를 갖추어 출장을 가서 중성화 수술을 해주고 왔다. 오늘은 간호사들이 없으니 천상 보리가 수술 보조를 해야 한다. 물론 여러 번 해봐서 보리도 능숙한 수술 보조원이다. 수술은 6시간이나 걸렸다.

그동안 앤드류는 화장실을 다녀오는 것 이외에 어디도 가지 않았다. 아무것도 먹지 않고 심지어 물도 마시지 않았다. 아빠가 앤드류가 좋아하는 버거킹 햄버거를 사준다고 해도 앤드류는 고개를 저었다. 메이어 장군도 6시간을 벌을 서듯 앤드류의 옆에 앉아 있을 수밖에 없었다. 6시간의 긴 수술이 끝났다. 수술하는 동안에는 어진도 보리도 집중을 하느라 배가 고픈지, 다리가 아픈지 심지어 화장실에 가고 싶은 것도 잊고 수술에 집중했다. 그 정도로 새끼 고양이의 배 속은 심각했다. 어린 고양이의 배 속은 날카로운 큰 이빨에 찢겨 성한 부분이 없었다. 도저히 살릴 수 있을 거 같지 않았다. 그러나 둘은 포기하지 않고 찢겨나간 장기 하나하나를 꿰매었다. 다행이 수혈할 고양이 혈액이 충분했고 새끼 고양이는 늠름하게 버텨주었다. 드디어 장기를 모두 꿰매고 마지막으로 고양이이 복부를 봉합했다.

그제야 다리도 아프고, 배도 고프고, 무엇보다 아랫배

가 빵빵하니 오줌 싸기 직전인 것이 느껴졌다. 어진도 보리도.

"The operation was done. I cannot say 100%, but she will be O.K. This small girl is strong."(수술은 끝났습니다. 100% 장담은 못 하겠으나 괜찮을 겁니다. 튼튼한 고양이이니까요.)

앤드류의 눈에 눈물이 그렁그렁 차올랐다.

"Thank you, Thanks you, Thank you…."

앤드류는 수없이 감사하다는 인사를 되뇌었다.

"I can eat the horse. Let's eat something now."(배가 고파 죽을 지경입니다. 뭐 좀 먹읍시다.)

앤드류의 아버지 메이어 장군이 말했다.

"Me, and Bori have to watch this girl. We will order some delivery food. You will bring out Andrew and eat. Elsa has to stay here at least a week."(저와 보리는 고양이를 지켜봐야 합니다. 우리는 음식을 시켜 먹을 테니 앤드류를 데리고 나가서서 뭐 좀 드세요. 엘사는 여기에 일주일 이상 입원해야 합니다.)

"Fa! Now I want to eat a big cheese burger and pop. Would you buy it and come. I want to eat here. I do not want to leave Elsa."(아빠, 이제 커다란 치즈버거 하고 콜라 먹고 싶어요. 사다 주시겠어요? 저 여기서 먹을래요. 엘사 옆을 떠나고 싶지 않아요.)

"O.K My boy. I will do it. Dr. Eojin, do you also want to burger? How about Bori? And can we eat here?"(O.K 아들아. 내가 사 올게. 어진 박사님, 당신도 햄버거 드실래요? 보리 씨는요? 여기서 먹어도 될까요?)

"Sure! No problem. I also want to the big cheese burger and would you take tow hot Café Latte and one cheese bagel for Bori, she likes cream cheese bagel and hot Café Latte. So, one Café latte is de-caf and one is regular, hot Café latte for me. Just the other side of this clinic there are Burger King and Donkin."(물론입니다. 저도 커다란 치즈버거 하나 하고요. 카페라테 두 잔, 보리는 치즈 베이글로 부탁드립니다. 보리는 크림치즈 베이글과 카페라테를 좋아해요. 라테 한 잔은 디카페인, 하나는 보통인 뜨거운 카페라테로 부탁드립니다. 이 병원 건너편에 버거킹과 던킨 도너츠가 있습니다.)

오랜 기간 동안 수면 장애가 있는 보리를 위해 어진은 디카페인 커피를 부탁했다. 보리는 수술 후 참았던 소변을 보기 위해 화장실에 가 있는 중이었다.

"Sure, I will be back!"

장군은 영화 '터미네이터'의 터미네이터 흉내를 내며 엄지손가락을 들어 보이며 나갔다.

이때부터 메이어 장군과 앤드류 그리고 앤드류의 엄마 장다미 씨는 어진의 동물병원의 단골이 되었다. 고양이 엘사는 수술 후 빠르게 회복되었으며 2주 후 건강한 모습으로 퇴원했다. 청담동의 동물병원 같으면 수천만 원의 수술비와 병원비를 요구할 테지만 어진은 최소한의 비용만을 청구했다. 보험이 안 되는 동물의 경우 고양이 혈액과 약값의 비용이 엄청나다는 것을 아는 메이어 장군과 부인 장다미 씨는 너무나 잘 알기에 고마워했고 그 후 주말이면 세 가족이 동물병원에 들러 100여 마리가 되는 고양이들의 뒤치다꺼리를 도왔다. 고양이 배변 모래를 갈아주고, 먹이 타워에 고양이 먹이를 채워주고, 다친 고양이들의 붕대를 갈아주고 소독해 주는 간단한 처치였다. 무엇보다도 장군과 부인은 미군 피엑스에서 다량의 고양이 먹이 통조림들을 구입해 가져다주었다. 덕분에 어진은 고양이들의 식비를 절반이나 줄일 수 있었다. 보리와 어진은 잃어버렸던 남동생을 찾은 듯 앤드류를 아꼈고, 앤드류 또한 보리와 어진을 아꼈다. 별은 이런 일이 처음은 아니기에 보리의 사랑을 독차지하고 있는 앤드류가 약간 얄밉기도 하고 많이 부럽지만 남동생에게 어머니의 사랑을 빼앗긴 심정으로 네 명의 생활은 앤드류를 중심으로 흘러갔다. 행복하게….

눈을 떴다. 천장이 낯설다. 여기가, 어디지? 보리는 항상 잠에서 깨어나면 낯선 곳에 와 있는 느낌이었다. 아주 어렸을 때부터….

그리고는 '아! 여기가 내 침실이지, 아! 여기가 병원이었지, 내가 병원에 입원 중이었지. 아! 호텔 방이었지, 내가 여행 중이었지.' 하고 자신이 어디에 있음을 되뇌었다.

'여기는, 여기는 모르겠다.' 생각을 더듬었다. '신혼여행에서 돌아왔는데, 어진과 저녁식사를 하면서 와인을 한잔 마셨는데 너무 졸려서 침실로 들어와 침대에 잠깐 누웠었는데 근데 여긴 어디지?'

"보리야! 이제 정신이 드니?"

"어? 어진, 여기가 어디야? 별은 어디 있고?"

"음, 여긴 미 군함 안이야. 이건 미군의 일종의 훈련이야. 핵전쟁이 우려될 때 미군과 그 가족들을 본국 하와

이로 철수하는 훈련. 메이어 장군이 특별히 너와 나를 이 배에 태워준 거야."

"핵전쟁 훈련? 그럼 별은?"

"별은… 별은 내일 출근해야지. 그래서 못 왔어…."

보리가 잠들어 있는 사이 어진은 모든 상상력을 동원해서 보리가 안심할 수 있는 이야기를 꾸며내야 했다. 다행히 이런 그럴듯한. 이야기를 지어낼 수 있었다.

그래도 보리는 뭔가 미심쩍어하는 눈치였다.

"아무리 그래도 잠든 나를 미 군함에 태워? 별이… 그렇게?"

"별이 그랬어. 이런 특별한 경험을 할 기회는 다시는 없을 테니까 보리가 눈을 떴을 때 이거야말로 서프라이즈 아니겠냐고."

"서프라이즈? 나 배 타는 거 그리 좋아하지 않는 거 별도 잘 아는데? 어진이 너도. 나 뱃멀미 심하게 하잖아."

"보리야, 이런 큰 배는 멀미 안 해. 너 지금 멀미 안 하지?"

"나 이런 군함 타봤어. 너도, 별도 알지 않아? 몇 해 전에 내가 관함식에 초대받아 우리나라에서 제일 큰 군함에 탔었다고."

"그럼, 기억하지. 하지만 이건 미군 군함이야. 우리나라 군함보다 훨씬 커. 지금은 밤이라 바다가 너무 캄캄하지만 날이 밝으면 밖으로 나가 바다를 보면 멋질 거야!"

관함식은 일종의 군함 도열식이라고 할 수 있다. 몇 년 전 보리는 최연소 IT 분야 과학자로 관함식에 초대받아 대한민국의 대통령과 북한의 김정은 지도자 바로 뒤에서 우리나라 전함들뿐 아니라 미국, 일본의 전함들의 도열식을 보았다. 각 전함의 갑판에는 모든 승무원들이 계급별로 도열하여 두 대통령과 각국의 내빈들께 경례를 하며 대통령이 타고 있는 광개토대왕함을 향해 경의를 표했다. 그리고 이어 미국, 일본, 대한민국의 순으로 바다에서 조난당한 사람들을 구조하는 시범을 보였다.

물론 대한민국의 해군구조대들이 헬리콥터의 날개가 일으키는 바다의 소용돌이 속에서 맨몸으로 바다에 뛰어들어 조난당한 사람들을 구하는 것이 가장 멋있었다.

사실 당시 일본 전함들의 관함식 참석에 대해 왈가왈부 말들이 많았었다. 그러나 이미 남북한의 경제수준과 군사력이 일본보다 월등히 앞섰으므로 우리 해군의 막강함을 보여줘 일본의 코를 납작하게 해주자는 국민들의 정서가 왜 일본 전함들이 우리의 바다에서 관함식에 참석하냐는 앞질렀다. 일본의 전함들도 관함식에 참석해 부산 앞바다에서 미국 전함들과 함께 대한민국의 박 대통령, 북한인민공화국의 김정은 지도자, 한미합동사령관을 비롯한 각국의 군 지도자들, 한국주재 외교관 부부, 그리고 보리 같은 사회 각 분야의 리더들이 초대되었었다.

"앤드류와 앤드류 엄마도 그럼 이 배에 탔어?"

"물론이야, 내일 다 같이 아침 식사 때 만날 수 있어. 밤이 늦어 지금 앤드류는 잠들었을 거야."

보리가 잠들어 있는 동안 어진은 보리가 쏟아낼 모든 질문을 예상하며 그 답들을 준비했었다. 생각보다 거짓말이 술술 나왔다. 하지만 어진의 등에는 식은땀이 흐르고 있었다.

"보리야 마음 편하게 먹고 조금 더 잠을 청해봐. 내일 아침에 밝은 얼굴로 앤드류 가족하고 아침 식사 해야지. 새색시 얼굴이 푸석푸석하면 되겠어?"

"그럼 어진이 네 침실은 어디야?"

"음 바로 옆방이야."

"이 방 좁기는 해도 방음이 무지 잘되나 봐. 아무 소리도 안 들려. 파도 소리도. 그럼 나도 좀 더 자볼게. 어진이 너도 네 방으로 가서 자."

보리 곁을 떠나기가 뭔가 불안한 듯 어진은 미적거리다 마지못해 방을 나갔다. 다시 침대에 누워 보리는 이 상황을 정리했다. 뭔가 이상하다. 우리가 식사를 막 시작하려 했을 때 별이 받은 전화가 메이어 장군으로부터 걸려 온 전화였다. 메이어 장군이 그들 셋을 이 듣도 보도 못한 미군 작전에 초대를 했다. 별이 그걸 승낙했다? 별 자신은 다음 날 근무라 새 신부인 자신과 어진만을 보냈다. 그것도 잠이 들어, 세상모르고 잠든 자기를 보냈다. 누가 날 여기로 데려왔지? 어진이가? 별은? 별과 어진이 함께 미군함이 정박한 곳까지 와서 별이 혼자 돌아갔다? 이 군함은 어디서 출발한 거지? 난 도대체 몇 시간이나 잠들었던 거지? 시계가 좁은 선실 안에 있었다. 조그만 디지털 시계가 침대 옆, 협탁에 있었다. 04:00, 뭐? 새벽 4시? 도대체 내가 몇 시간 동안 잠들었다고? 와인 한 잔에? 9시간? 말도 안 된다. 분명 이 전함은 평택항에서 출발했을 것이다. 지금 어디로 가고 있는 건지 어디서 작전을 끝내고 돌아가는 것인지 도통 감도 잡히지 않고 이해할 수 없는 상황이었다. 도저히….

보리는 침대에서 벌떡 일어나 가만히 선실 문을 열었

다. 맞다! 바다다! 바다 비린내가 훅 밀려왔다. 깊은 바다의 냄새. 옆방의 어진을 깨우기 싫어 가만가만 걸음을 옮겼다. 그때 말소리가 들렸다. 소년의 음성! 앤드류가 울먹이며 말하고 있었다.

"How come Daddy, you didn't take Bori's new husband? How can she live without Byeol?"(아빠 어떻게 보리 누나의 남편을 이 배에 태우지 않을 수 있어요? 보리 누나가 별 형 없이 어떻게 살라고요?)

"My boy, it was also hard to me. But even take Bori and Eojin on this ship was very difficult."(애야, 나도 힘든 결정을 한 거란다. 보리와 어진을 이 배에 태우는 것도 어려웠단다.)

"No, Fa! You shouldn't give him up. Bori cannot live without Byeol. Maybe you better let her stay with her husband. And giving the chance to the other."(아니에요, 아빠! 별을 포기하면 안 되는 거였어요. 보리 누나는 별 형 없이는 못살아요. 차라리 보리 누나는 별 형과 함께 놔두고 다른 사람에게 기회를 주는 게 나았다구요.)

메이어 장군은 일본 극우파들이 수십 년 전 미군이 잃어버린 핵무기를 구입해서 날로 발전하는 대한민국을 시기해 한반도를 향해 그 핵을 쏘려 하고 있다는 첩보를 입수했다. 메이어 장군은 즉시 미군과 미군 가족 한국주재 미국외교관과 그 가족들에게 문자를 보내도록 부관에게 지시했다.

"문자를 받는 즉시 가족과 함께 평택항 미군기지로 집결할 것. 직계가족이란 남편과 부인 그리고 자녀에 한함. 신분증을 반드시 지참하며 부부관계를 증명할 수 있는 서류와 자녀임을 증명할 서류를 지참할 것. 이 정보는 그 누구와도 공유해서는 안 됨."

이게… 이게 무슨 이야기이지? 말도 안 돼. 그럼 이 상황이 실제 상황이고 일본이 실제로 우리 한반도를 향해 핵을 쏜다는 말이지? 메이어 장군은 별을 포기하고 나와 어진만을 하와이를 향하는 배에 태웠고…. 말도 안 돼, 말도 안 돼…, 이럴 수는 없어. 별이, 나의 별이, 그리고 어진이, 나의 가장 친한 친구 어진이….

이제서야 어긋났던 톱니바퀴가 달칵하고 맞춰졌다. 다리의 힘이 풀려 스르르 바닥에 주저앉았다.

발코니에서 전화를 받고 거실로 돌아올 때의 별과 어진의 어두운 표정, 침실에 갔다 나올 때의 별의 뭔가 비장한 눈빛, 계속 불안해하며 자신과 눈을 마주치지 못

하던 어진…. 숟가락과 젓가락들을 열심히 움직이는 것 같았지만 줄어들지 않았던 음식, 헛돌던 대화들, 그리고 갑자기 밀어닥친 졸음.

모든 것이 하나의 선으로 이어졌다. 그리고 수면제, 다량의 수면제를 와인에 넣어 나를 깊은 잠의 나락으로 빠뜨리고 평택으로 데려와 이 배에 태운 것이다.

필시 별이 운전했을 것이다. 잠든 보리는 뒷좌석에 어진과 함께였을 것이고. 잠든 나를 어진의 품에 안겨주며 별은 도대체 어떤 얼굴을 하고 어떤 마음이었을까?

다시 만나자고? 꼭 다시 만나자고? 아님 어진에게 부탁했을까? 자신은 다시는 보리를 만날 수 없을 테니 보리를 부탁한다고?

그리고 하염없이 어진과 자신이 멀어져 가는 것을 보고 서 있었겠지. 그 자리에 주저앉아 울었을까? 백두대간을 걸으면서 이야기해 주었던 이 우주를 만들었다는 어머니께 빌었을까? 보리를 살려달라고, 보리와 어진을 살려달라고? 그렇게만 해준다면 별, 자신은 죽어도 좋다고?

별은 자신의 일에 대해 이야기하는 적이 없었다.

누군가의 어머니, 아버지, 어린 자식들을 구하러 활활 타오르는 불 속으로 뛰어들어가는 일에 대하여, 천장이 무너져 내리기 시작한 건물 안에 쓰러져 있는 두 사람, 도대체 누굴 둘러업고 나온단 말인가? 아무나 한 사람을 업고 나올 때 뒤에서 들리는 "살려주세요, 제발…." 하는 소리에 떨어지지 않는 발을 억지로, 억지로 떼어놓으며, 지금은 내 등에 업힌 이 사람만을 생각하자 한 생명을 살리는 것만 생각하자, 하고 뒤에서 자신을 부르는 소리가 발목을 옥죄어 와도 억지로, 억지로 그 소리를 뜯어내며 불 바깥을 향해 걸었다는 이야기도. 불 바깥으로….

한강 다리 위에서 뛰어내린 수험생을 구하러 차디찬 물속에서 몇 시간이고 헤매다 해가 저물어 수색을 포기해야만 할 때 차디찬 콘크리트 바닥에 무릎을 꿇고 다리를 부여잡으며 제발, 제발 수색을 멈추지 말아 달라고, 내 딸은 수영을 잘하니 어디 저 물결을 따라 둥둥 떠 있으면서 구조를 기다리고 있을 거라고, 잠깐 귀신에 홀려 물에 뛰어들었으나 지금쯤 그런 선택을 한 걸 후회하면서 엄마가 사람들을 데려와 자신을 구해주길 기다리고 있을 거라고 그러니 수색을 멈추면 안 된다고 차디찬 콘크리트 바닥에 두 무릎을 꿇고 두 손을 싹싹 비는 어느 어머니를 일으키며 지금은 너무 어두워서 수색팀을 물속으로 들여보낼 수 없노라 얘기하며 얼음보다 차가운 어머니의 손을 맞잡고 같이 울 수밖에 없었던 이야기도,

실종된 누군가의 동생을 찾기 위해 찐득찐득한 바다 공기를 가르며 동생의 이름을 절규하듯 부르는 누나의 눈물에 자신도 바다를 뚫어지게 바라보며 '어디 있니? 어디 있니? 네 누나의 간절한 부름이 들리지 않니?' 눈물을 꾹꾹 누르며 바다를 뚫어지게 응시하며 뱃전에 서 있었던 일이며, 공장의 거대한 기계에 한쪽 손이 빨려 들어가 결국 병원 응급팀을 불러 팔을 자를 수밖에 없다고, 소방관이 가지고 있는 장비로는 기계를 들어 올려 팔을 빼낼 수 없으니 이 자리에서 팔을 절단해서 생명을 구하는 수밖에 없다고 결정을 할 때, "No, No, 선생님 제발, 제발 제 팔을 자르면 전 빚만 지고 고향으로 돌아가요. 그럼 제 어머니, 아버지, 동생들 누가 먹여 살려요? 한국에 오려고 200만 원 빚을 지고 왔어요. 그 빚 한쪽 팔만 가지고 평생을 일해도 갚지 못해요. 선생님 제 팔 자르면 안 돼요." 하고 절규하는 외국인 노동자의 절박한 눈동자를 외면하며 의사에게 어서 수술을 시작하라고 고개를 끄덕일 수밖에 없었던 순간들도….

가끔 보리가 별에게 "오늘 무슨 일 했어?"라 물으면

"음! 가정집 처마에 말벌들이 집을 지었다는 신고가 들어와서 그거 떼주고 왔어. 그 집 할머니가 얼마나 고마워하시던지. 꿀을 한 통 주셔서 우리 대원들이 꿀차 타 먹었는데 진짜 토종꿀이더라고."

"어떤 꼬마 아가씨가 119에 전화해서 자기 고양이가 나무 꼭대기에 올라가서 못 내려온다고 해서 사다리차 가지고 가서 내려주고 왔어. 아주 귀여운 고양이더라고. 우리 엘사같이…."

"어느 집 할아버지가 아파트 안에서 문을 잠그고는 열지 못해서 우리 팀이 아파트 옥상으로 올라가 로프를 타고 내려가서 발코니 유리를 깨고 들어가 현관문을 열었어. 그 집 딸이 아버지를 붙잡고 마치 이산가족 상봉이나 한 듯이 통곡하더라고. 너무 뿌듯했어!"

별은 항상 아픈 이야기들은 하지 않고 기뻤던 일 보람 있었던 일들만을 이야기했었다.

그 아파트가 높은 언덕 위에 지어진 20층 아파트의 20층이었다고 치매에 걸리신 할아버지가 아파트 안에 갇혀 있어 쌩쌩 바람이 불어 로프를 타고 그 집으로 들어가는 건 별 자신의 생명을 건 일이었다는 건 이야기해 주지 않았었다.

　가끔은 실종된 치매 노인을 전 대원들이 찾고 있는데 119에 전화해서 잃어버린 강아지를 찾아달라고 빨리 찾아달라고 5분이 멀다 하고 전화를 하며 소방관들이 다들 뭐하냐고 잃어버린 개 한 마리를 왜 못 찾냐고 다들 뭣들 하고 있냐고 자기가 누구인지 아느냐고, 청와대 신문고에 민원 넣겠다고 전화하는 진상이 있었다는 이야기를 무슨 재미있는 이야기를 하듯 한 적도 가끔 있었다. 그럴 때면 "아니 지금 대한민국에 실종된 아이들이나 치매 노인의 수가 얼마인데 네 개새끼를 바쁜 소방관들이 찾아야겠느냐? 아줌마 내가 청와대에 아줌마를 민원 넣겠다고 해. 아니 아니! 그 아줌마 자기 신분 밝혔지? 내가 그 아줌마 청와대 신문고에 올리든지 각종 SNS에 무개념으로 우리의 노고가 많으신 소방관들을 괴롭히는 진상이라고 폭로할게 그 아줌마 신상 줘봐!"

　하고 흥분하면 별은 웃으면서 보리를 말렸었다.

　그런 별이었다. 그런 나의 별이었다. 언제나 내가 눈을 돌리면 거기에 있던 별이었다. 그녀가 숨 쉬는 공기와 같은 별. 그 별이 없다면 과연 내가 살 수 있을까? 내가 별 없이 내가….

보리는 휘청휘청 걸었다. 마치 귀신에 홀린 듯. 호랑이 귀신에 홀린 듯. 그리고, 그리고….

보리의 몸을 깊은 바다가 삼켰다.

어진은 좁은 방을 이리저리 왔다 갔다 하며 혹시나 보리가 묵고 있는 방에 문이 열리는 소리가 들리는지 주의를 게을리하지 않았다. 사방은 너무나 고요했다. 몇 분이 흘렀을까… 몇 시간….

어진의 뇌 속에 번뜩 보리의 속삭임이 들렸다. '이 배 방음이 잘되나 봐. 아무 소리도 안 들려, 파도 소리도….'

퍼뜩 뭔가 어진의 머리를 뚫고 지나가는 거 같았다. 어진은 문을 벌컥 열고 나가 옆방 보리의 방문을 두드렸다. 쾅! 쾅! 쾅! 보리야, 보리야, 보리야! 문을 벌컥 열어젖혔다. 없다. 아무도. 보리가 없다. 미친 듯이 보리를 부르며 뛰었다. 보리야! 보리야! 보리~…. 어진의 외침을 밤바다가 삼켜 아무도 내다보는 이가 없었다. 뱃전으로 다가가 바닷속을 뚫어져라 들여다보았다.

"어머니, 어머니, 보리는 안 됩니다. 제가 어떻게 별을 보라고… 보리를 살려주세요. 제 생명을 드리겠습니다. 다시는 환생을 못 한다 하더라도, 다시는 보리를 보지 못한다 하더라도 저는, 저는 괜찮습니다. 보리가 잘못된 결정을 해서 보리의 별이 그 빛을 잃는 일은 없도록 해주세요. 제 별은, 제 별은 괜찮습니다…. 어머니."

시커먼 바닷속에서 한 줄기 빛의 터널이 보였다. 바닷속 깊은 곳으로 보리가, 보리가 빨려 들어가고 있었다. 그리고 그 빛의 끝에 커다란 아가리를 벌리고 있는 호랑이가 보였다. 아니 호랑이가 아니라 어진이 보았던 사슴뿔을 가진 얼굴은 사나운 호랑이였던 그 형체였다. 보리가 그 입안으로 빨려 들어가고 있었다. 어진이 바닷속으로 뛰어들었다. 그 하얀 터널의 끝에 아가리를 벌리고 있는 괴물을 향해 깊이, 깊이 헤엄쳐 들어갔다. 보리를 구하기 위해.

새벽이 밝아오고 있었다. 고즈넉이… 아무 일도 일어나지 않았다. 일본 우익의 핵 공격은 해프닝으로 끝났다. 일본 우익들이 한국과 미국에게 자신들의 핵을 보유하고 있으며 언제든 한반도를 향해 핵을 날릴 수 있다고 과시한 것에 불과했다. 그들은 실체를 알 수 없는 괴물이었다. 일본의 뿌리 깊은 괴물. 집단 괴롭힘과 이간질을 일삼아 왔던 사슴뿔을 가진 얼굴은 사나운 호랑이였던 그 검은 형체였다.

별은 그의 신혼집 발코니에 기대서서 서서히 붉게 물

들어 오는 하늘을 바라보았다. 얼마 전 그의 손가락 사이로 빠져나간 한 생명이 갑자기 보리와 겹쳐 생각났다.

종로소방서가 낡은 건물을 개보수하기 위해 안국역 근처로 이사했다. 청진동 해장국 골목에 위치한 정든 건물에서 창덕궁 건너편 조립식 가건물로 매섭게 추운 겨울날 이사를 했다.

그는 선짓국을 비려서 먹지 못했다. 하지만 추운 겨울날 대원들과 출동해 밤새 불을 끄고 소방서로 복귀하면 그는 꽁꽁 얼은 대원들을 위해 24시간 문을 여는 선짓국집에서 커다란 들통 가득 김이 무럭무럭 나는 선짓국을 사 왔다. 인심 좋은 할머니는 대원들을 위해 커다란 선지를 가득 들통에 채워주셨었다. 그의 팀 대원들은 그를 향해 씩 웃으며 열심히 얼은 속을 녹이기 위해 선짓국을 퍼 넣었다.

'오늘은 정말 하늘에 감사한다. 다행히 아무도 죽지 않았다. 우리 대원들도 그리고 불 속에 아무도 남겨놓고 나오지 않았음을 감사한다.'

종로 소방서는 모든 소방관들이 오고 싶어 하지 않는 곳으로 유명하다. 북촌, 서촌 그리고 돈화문 근처 사방이 오래된 한옥들이다. 나무로 지어진 구옥들 사이사이

골목은 소방차가 들어갈 수 없다. 아무리 작은 소방차라도. 만약에 불이 나면 대로부터 소방 호스를 이어 물을 대야 한다. 당연히 수압이 낮아져 불은 끄기엔 역부족이다. 그리고 그런 한옥에는 대부분 노인들이 산다. 그분들이 불이 난 것을 인지했을 때는 이미 불이 번진 다음이고 당황한 그분들은 119에 신고조차 제대로 할 수 없다. 소방관들이 출동했을 때는 노부부들이 불 속에 갇힌 다음이다. 불 밖에는 대원들이 줄을 서서 소방 호스를 잡고 물을 뿌리고 한 대원이 불 속으로 뛰어들어 가면 노부부 2명은 서로를 껴안고 어쩔 줄 모르고 있을 뿐이다. 난감하다. 한 분만을 선택해야 한다. 두 분은 이미 거의 질식 상태라 걸을 수 없기 때문이다. 할아버지는 할머니를, 할머니는 할아버지를 서로 떠민다. 당신이 살아야 한다고. 그래도 내가 더 오래 살았으니 난 더 이상 미련이 없다고. 선택은 소방관이 해야 한다. 시간이 없다. 이미 건물의 대들보에 불꽃이 붙어 천장이 무너지려 하고 있다. 대부분의 경우 대원들은 할머니를 업는다. 그리고 할아버지를 재촉한다.

"어르신, 기운 내세요. 할머니 혼자 어떻게 살아가시라고 넋을 놓으세요. 제 뒤를 쫓아오세요. 사셔야죠."

노인은 손을 앞뒤로 내저으며 어여 가라, 어여 가라 할망구라도 살려달라고 하신다. 업힌 할머니는 자꾸 뒤돌아보며 발을 동동 구른다. 그의 등 위에서. 두꺼운 방화복 위로 할머니의 눈물이 방울방울 떨어지는 것이 뜨거운 불꽃보다 더 뜨거운 눈물이 떨어지는 것을 그는 안다.

별은 그런 종로소방서에서 벌써 12년째 근무 중이다. 오래된 종로소방서를 대대적으로 수리하기 위해 조립식 건물로 이사했다. 이사한 첫날 그는 난감했다. 익선동이 새로운 핫 플레이스로 젊은이들에게 인기를 끌기 시작한 시점에 이사를 한 것이다. 이사 오기 전 보리와 익선동으로 데이트 온 적이 있다. 세상에! 골목골목 젊은이들이 가득했다. 이 많은 젊은이들이 도대체 어디서 이리로 온 것인가! 그런데 오래된 한옥들을 마치 요정의 집처럼 꾸며놓은 레스토랑 그리고 카페들이 소화기 하나비치해 놓은 곳이 드물었다. 와인바들은 대부분 너무 어두워 소화기가 어디 있는지 찾을 수 없었고, 종업원들은 소화기가 자신들의 업장에 있는지 여부조차 몰랐다. 대부분 불을 쓰는 업장 한 곳에 불이라도 난다면 대형 화재로 이어질 수밖에 없다.

장안동에서 반장으로 일을 할 때 별은 악마 반장으로 불리었다. 장안동은 야간 업소들이 밀집해 있는 곳이다. 나이트 클럽들이 밀집해 있었던 그곳은 일명 깍두기들을 수십 명에서 백여 명까지 거느린 클럽들이 많았다.

한 나이트 클럽 오픈일에 소방점검을 나갔다. 검은 정장을 입은 그들이 양 열로 서서 구십 도로 절을 하며 큰 소리로 외쳤다.

"점검해 주십시오."

그는 그들에게 테이블을 한편으로 몰고 카페트 한 블록을 들추라고 했다. 그들은 자신 있게 그가 시키는 대로 했다. 별은 핸드폰을 꺼내 사진을 한 장 찍었다. 한 블록 더 들추어 달라고 했다. 다시 사진을 찍었다. 일련번호가 맞지 않았다. 그는 방염 카페트 전문 업자에게 사진을 전송했다. 곧 그에게서 전화가 왔다.

"가짜입니다. 일련번호가 맞지 않습니다. 매니큐어 지우는 리무버로 지우면 그 번호는 지워질 겁니다. 아래 진짜 번호가 나올 겁니다. 싸구려 카페트가 확실합니다. 전혀 방화력이 없는."

카페트 전문 업자의 전화를 별은 일부러 스피커 폰으로 들었다. 깍두기를 비롯하여 어느새 연락을 받고 뛰어

온 나이트 클럽의 사장도 들었다. 사장의 얼굴이 파랗게 질렸다. 그가 별의 손을 마주 잡았다.

"살려주십시오. 오늘 오프닝에 이승철도 불렀습니다. 그 개런티가 얼마인지 아십니까? 이 동네 유지들을 다 초대했습니다. 선생님 소방서의 소장님도 오십니다. 전 정말 몰랐습니다. 카페트 업자가 장난을 친 겁니다. 경찰 서장님도 오시고요."

당시 이승철은 가장 잘나가는 가수였다. 그 역시 이승철 팬이었다. 하지만 원칙은 원칙이다. 한 번 봐주면 선례가 된다. 다음 소방관이 할 말이 없다. 선배도 넘어갔던 일을 당신이 왜 까탈을 부리느냐 하면 후배는 별을 원망할 것이다. 심지어 선배가 뭔가 뒷돈을 받았나 의심할 것이다. 별은 단호히 고개를 가로저었다. 급기야 사장이 소리를 질렀다.

"야! 네놈 옆구리엔 칼이 안 들어갈 것 같아? 네놈이 나를 망하게 하고 성할 거 같아?"

그의 옆에 도열해 있던 깍두기들이 금세라도 주머니에서 칼을 꺼내 그에게 들이댈 기세였다. 꺾일 수 없었다. 그는 그냥 뒤돌아 나왔다. 뒤에서 사장이 뭐라 고래고래 소리를 질러댔다.

소방서가 돌아오니 서장이 별을 불렀다. 그에게 뭔가 큰 뇌물을 바라고 그리 빡빡하게 구냐고 했다. 할 말이 없어 그냥 서장실을 나왔다. 그래도 서장이 별을 감쌌다. 그래서 별이 옆구리에 칼을 안 맞고 살아남았다. 서장은 급히 별을 종로 소방서로 발령을 냈다. 그게 별의 목숨을 구할 유일한 방법이었다. 좌천이었다. 좌천이라니 말도 안 되지만 별은 함구했다. 그때부터 별의 별명은 악마 반장이었다.

야간 근무 중이었던 별은 내일부터 익선동 레스토랑들을 한 집, 한 집 방문하며 소방교육과 소화기 비치가 의무라고 알려야겠다고 생각하며 옆 건물을 쳐다보았다. 이 동네에 어울리지 않게 오래된 고층 건물이었다. 미국 뉴욕에나 몇 채 남아 있을 법한 외관에 한쪽에 소방 계단이 밖으로 건물 전체를 감싸고 있었다. 그 아래는 초등학교가 자리 잡고 있었다. 미국 액션 영화에나 등장할 건물이었다. 범인이 계단을 빠른 속도로 뛰어올라가고 뒤에서 경찰이 총을 쏘며 계단을 따라 올라갈 법한 건물.

그의 눈에 한 여인이 그 소방계단에 간당간당 매달리듯 서 있는 것이 보였다. 상체가 너무 밖으로 나와 있었다. 위험해 보였다. 별은 위에서부터 한 층 한 층 헤아렸다. 18층 건물이라고 들었다. 18, 17, 16, 15, 14. 14층 계단 난간이다. 저 여인 너무 위험해 보인다. 금방이라도 뛰어내릴 기세다. 근데 왜 저 여인하고 보리가 겹쳐 보일까? 다행히 그녀는 다시 건물 안으로 사라졌다. 안도의 한숨이 새어 나왔다.

그 후로도 별은 종종 그 여인이 그 계단 난간에 상체를 앞으로 너무나 많이 내밀고 서 있는 것을 보았다.

종로 소방서로 이사 오고 3년이 흘렀다. 그사이 팬데믹이라는 그도 그 누구도 몰랐던 초유의 사태가 전 세계를 강타하고 물러갔다. 그 3년 동안 옆 건물의 여인은 점점 더 자주 같은 곳에 같은 자세로 서 있는 것을 별은 보았다. 예감이 좋지 않았다.

별이 야간 근무를 서던 어느 겨울날 상황실의 전화벨이 번뜩이는 것이 상황실 유리창에 비추는 것이 보였다. 상황실 야간 담당자는 화장실을 가는지 잠시 자리를 비운 순간이었다. 별이 얼른 상황실로 뛰어가 전화기를 들었다.

"여기 서울 중앙통제실입니다. 방금 전화 한 통화를 받았습니다. 녹음된 내용 들어보시지요."

"저, 종로 소방서 옆 건물 1410호인데요. 정말 죄송한데 소방관 한 분만 건물 서쪽 골목으로 보내주세요. 그분께 제가 정말 죄송하다고 그 말씀 꼭 전해주세요."

"그리고는 제가 뭐라 대답도 하기 전에 전화가 끊겼습니다. 계속 같은 번호로 전화해도 전화 안 받습니다. 지금 종로소방서 바로 옆 건물 가든 타워입니다."

"알겠습니다. 바로 구급차 한 대 건물 서편에 대기시키고 제가 건물로 올라가 보겠습니다."

별은 바로 지적이지만 구급차를 보냈다. 자살이 감지되면 구급차는 전조등을 끄고 사이렌도 울리지 않고 출동한다. 인근 파출소에도 지원을 요청하고 전화 발신지의 위치추적을 부탁했다. 보낸 구급차의 대원이 무전기로 연락했다. 아무런 이상 증후는 없다고. 점점 조급한 마음이 들었다. 구급차 4대를 더 보냈다. 뭔가 이상한 증후가 보이면 즉시 골목에 매트를 설치하라고. 거대한 풍선 같은 매트는 높은 건물에서 누군가 뛰어내릴 때 충격을 완화해 준다. 하지만 14층 같은 고층에서 뛰어내린다면 그 충격을 감당하기는 힘들다. 거기다 바람마저 분다면 매트 바깥으로 떨어질 확률이 높다.

별은 옆 건물을 향해 뛰었다. 구급차 5대를 보내는 동안 모든 장비를 갖추었다. 손도끼도.

옆 건물의 엘리베이터는 잠겨 있었다. 소리쳐 경비원을 불렀다. 경비실은 텅 비어 있었다. 새벽 5시. 실내 비상계단을 뛰어 올라갔다. 2층, 3층, 4층, 1410호라고 여자가 얘기했다고 했지. 숨이 턱에 차서 14층에 도착했다. 복도는 캄캄했다. 얼른 바깥 비상계단으로 향했다. 텅 비어 있었다. 바람이 거셌다. 헬멧의 등으로 하나하나 사무실 번호를 확인했다. 1611, 1609⋯. 어라? 16층까지 올라온 건가? 이 건물은 2층이 1층으로 시작했다. 1층은 일명 필로티 주차장이었다. 그리고 13층이 없었다. 건물주가 13이라는 숫자를 불길하게 여겼나 보다. 그걸 별은 몰랐던 거다. 얼른 2개 층을 구르듯 내려갔다. 1411, 1408, 1407⋯. 건물의 호수가 뒤죽박죽이었다. 아무리 훑어보아도 1410호는 없었다. 이 건물에 1410호는 없었다. 아뿔사! 전화한 여인이 트릭을 썼구나! 없는 호수를 불러준 것이다. 과연 여인의 사무실은 몇 호일까? 가만히 귀를 기울였다. 어느 사무실에서도 숨소리 하나 들리지 않았다. 대원들 10여 명과 경찰관들이 엘리베이터에서 우르르 쏟아졌다. 이 건물의 경비원으로 보이는 한 남자와 함께였다. 그가 다급히 이야기했다.

"1401호 사장님이 1시간 전쯤 오셨었습니다. 뭔가 급하게 처리할 게 있다고 하셔서 엘리베이터를 작동해 드렸었습니다."

저기다! 그는 앞뒤 가리지 않고 도끼를 휘둘렀다. 유리문의 디지털 도어록을 정확히 가격했다. 유리문은 손잡이로부터 쩍 하고 3조각으로 갈라지며 도어록이 튕겨 나갔다. 다음은 철문이 나왔다. 이 회사는 철통 보안이구나! 다시 도끼를 휘둘렀다. 손잡이는 휘어졌지만 문이 열리지는 않았다. 대원들이 그를 비키라 했다. 그들이 연달아 도끼로 철문의 손잡이를 가격했다. 손잡이가 간신히 떨어져 나갔다. 이 정도 굉음이 났는데 그 여인이 안에 있다면 무슨 행동을 취할 텐데… 안에 그 여인이 있는 게 맞을까? 의문이 들었다.

그때 그 여인은 회의실 창틀에 걸터앉아 골목 밑을 내려다보며 소방관 한 명이 오길 기다리고 있었다. 그 골목은 초등학교 정문으로 향하는 좁은 골목이다. 만약 일찍 등교하는 학생이 그녀의 참혹한 시신을 발견이라도 한다면 그 아이는 평생 트라우마를 안고 살아가게 되리라. 겨울 방학이라 어린 학생이 이 시간에 등교를 할 일은 없겠지만 또 모르는 일이다. 그것만은 피하고 싶었다. 자신의 시신을 발견하게 될 소방관에게는 미안하지만 할 수 없었다. 자신의 시신이 그리 험악하지 않기를 빌 수밖에.

그녀는 요즘 계속 이상하게 세상과 부딪혔다. 택시기사들과 식당 주인들과 심지어는 도움을 청하러 들어간 파출소의 경관들과도. 여긴 그녀의 세상이 아닌 것이 맞다. 여긴 이상한 세계다. 그녀는 원더랜드에서 길을 잃은 앨리스였다. 이 세상에서 탈출하여 그녀의 세상으로 돌아가려면 용기를 내서 뛰어내리는 수밖에 없다. 결코 자살할 생각은 아니었다. 그녀의 시신은 이 세상에 남겠지만 또 다른 그녀의 몸과 영혼이 그녀의 세계로 돌아갈 것이다. 그리 생각하며 소방관이 골목에 나타나길 기다렸다. 그녀는 소방차 5대가 불빛 하나 없이 사이렌도 없이 조용히 그 골목 밖에서 대기하고 있는 줄은 꿈에도 몰랐다. 그리고 살풋 잠이 들었나 보다. 회의실 문이 부서지며 벽을 선두로 소방관 5명이 순식간에 그녀를 향해 돌진하여 그녀를 창틀에서 들어 내렸다. 그야말로 눈 깜짝할 사이였다. 도대체 무슨 일이 일어나고 있는지 알 수 없었다. 왜 이리 많은 소방관들과 경찰들이 내 회의실에 쳐들어온 거지? 난 이들이 들어올 동안 왜 아무 소리도 못 들은 거지?

"뭣들 하시는 거예요? 내 사무실엔 어떻게 들어오셨어요? 누가 이렇게나 많이들 오시라고 했어요? 난 소방관 한 분만 저 골목 아래로 보내달라고 전화했었다고요. 벌써 1시간이나 더 되었구요." 여인은 소리를 질러댔다.

"저희가 경찰들과 1시간 동안 이 일대를 다 뒤졌었습니다. 아래에는 구급차 5대가 대기 중이었구요. 종로 일대뿐 아니라 성북에도 연락을 해서 선생님 어머님 댁에도 가 보았습니다."

"네? 우리 엄마 집에도요?"

"어머님이 놀라실까 봐 아파트 주위만 수색했습니다. 현재도 성북소방서 소방관들과 종암경찰서 경찰들이 어머님 아파트 주위에서 대기 중입니다."

"이보세요. 난 자살하려고 했던 게 아니고요. 이상한 나라에서 제 세계로 점프하려고 했던 거라고요. 여긴 제가 살던 세상이 아니에요. 여러분이 지금 실수하시는 거예요. 어서 내 사무실에서 나가세요. 어서요." 여인은 이성을 잃은 듯 계속 소리 질러댔다.

"그럼 저희는 이만 철수하겠습니다. 다음은 경찰분들이 맡아주십시오." 별은 답하며 대원들을 챙겨 나왔다.

다행이다. 하늘이 도왔다. 이 초록별이 하마터면 1도 온도가 내려갈 뻔했다.

『이상한 나라의 앨리스』, 별이 결코 이해할 수 없었던 그야말로 이상한 동화였다. 말하는 토끼를 따라 동굴로 들어간 소녀 앨리스, 그곳에서 앨리스는 같은 말을 반복하는 이기적인 여왕을 만난다. 앨리스가 어떤 방법으로 그녀의 세상으로 돌아왔던가? 아님 돌아오지 못하고 그 이상한 세계에 갇혀버리고 이야기가 끝이 났었나? 그 동화의 결말이 기억이 나지 않았다.

그 기괴한 동화를 보리는 읽고 또 읽었다. 별이 그 이상한 이야기를 왜 자꾸 읽느냐고 괜스레 불길해하며 물었었다.

"음, 너무 이상한 이야기라서…. 내가 이상한 나라에서 길을 잃으면 어떻게 해야 빠져나올 수 있는지 그 답이 궁금해서."

별은 그만 그 동화를 읽으라고, 정말 이상한 동화라고. 보리 네가 이상한 나라에서 길을 잃을 일은 없을 거라고. 정말 만약 네가 이상한 나라에서 길을 잃는다면 내가 가서 너를 구해올게. 넌 그냥 기다리면 된다고 별은 이야기했었다.

1401호 사무실을 대원들과 나서며 세 조각으로 갈라진 유리문을 보았다. 빨리 이 문을 갈아야 할 것이다. 두꺼운 유리문이 무너져 내리면 위험하다. 그리 생각하며 엘리베이터를 타고 다시 흘끔 그 유리문을 쳐다보는데 보리의 얼굴이 그 유리문에 투영되었다. 뭔가 섬뜩한 기운이 등줄기를 타고 흘렀다. 창틀에 앉아 몸을 거의 밖으로 기울였던 그 여인의 얼굴이 보리의 얼굴과 겹쳐졌다. 보리가 뛰어내렸다. 별이 있는 힘껏 몸을 던져 손을 뻗었으나 보리의 손을 잡을 수가 없었다. 보리가 안심하는 듯한 눈빛을 별에게 보냈다.

　"별, 안녕! 난 내 세상으로 돌아가. 여긴 내 세계가 아니야. 거기서 만나. 거기서 어진과 함께 만나."

　"안 돼!" 별이 절규했다. 보리가 떨어진 골목 밑을 내려다보았다. 거기엔 커다란 아가리를 벌리고 그 괴수가 기다리고 있었다. 사슴뿔을 가지고 검은 호랑이 얼굴을 한 그 괴물이.

　"시간이란 간혹 이상하게 휘어지고 만나기도 하지. 보리는 네가 죽은 줄 알고 배에서 뛰어내렸다. 그리고 또한 보리는 이상한 세계에서 제 세상으로 간다고 뛰어내렸고. 다른 시간이지만 같은 시간으로 만나고 같은 보리다. 그리고 어진이 보리를 구하기 위해 배에서 뛰어내렸다. 어진도 같은 말을 했다. 보리가 자살을 하려 한 것이 아니라 괴수가 보리를 삼킨 거라고."

"지금 보리와 어진은 어디 있나요?"

"일단 그 둘은 죽었다. 난 어진이 자살을 한 게 아니라는 건 확실히 안다. 그런데 보리의 일은 꽤 복잡하구나. 나도 이해하기 힘들다."

"어머니, 보리는 결코 자살하려고 했던 것이 아니에요. 괴수가 삼킨 거라고요."

"만약에, 만약에 말이다. 별아, 내가 보리를 다시 환생의 수레바퀴에 태우고 그 아이의 운명의 사랑이 네가 아니라 어진이 된다면 어떻게 하겠니?"

"네? 어진이가 보리의 운명의 사랑이 된다고요?"

"그래, 어진은 그 수많은 삶에서 보리를 짝사랑했다. 그리고 자신을 반쪽이라고 불렀지. 반쪽의 사랑을 하는…."

"근데… 근데. 왜 전 몰랐지요? 전혀…."

"넌 보리를 보고, 보리는 너를 보느라 몰랐던 거지. 물론 사랑의 선택은 보리가 할 거다. 하지만 앞으로의 보리는 자연스레 너를 바라보지는 않을 거다."

"아… 네…."

보리는 보리공주 시절부터 전생을 기억하지 못했다. 그래도 너무나 자연스럽게 보리와 별은 사랑하는 연인이 되었다. 보리는 어린아이부터 성년의 별을 보았고, 성년이 되어서도 나이 먹지 않는 별을 자연스레 받아들이며 둘은 연인 사이에서 부부 사이가 되었다. 그러나 한 번도 그들 사이에 아이가 생기지는 않았다. 보리는 별의 아이를 무척이나 갖고 싶어 하였었으나 그 어느 생에서도 그 바람은 이루어지지 않았다. 간혹 별은 입양을 생각해 보자고 했으나 보리는 그냥 슬며시 미소 지으며 많은 아이들에게 사랑을 주라고 자신에게는 아이를 주시지 않는가 보다라고만 답했다.

이제는 보리가 자연스럽게 별을 사랑하지 않을 것이다. 보리가 어진이 사랑을 알아차리고 어진을 사랑하게 될까? 그럼 자신은 그런 보리를 어떤 눈으로 봐야 하지? 별은 자신이 없었다. 그래도 보리의 환생을 어머니께 간청할 수밖에 없었다. 자신을 사랑하지 않는 보리일지라도 보리가 없는 하루하루를 견디는 건 더 힘들 테니까.

반쪽이
이야기

초판 1쇄 발행 2024. 5. 30.

지은이 김경선
펴낸이 김병호
펴낸곳 주식회사 바른북스

편집진행 박하연
디자인 배연수

등록 2019년 4월 3일 제2019-000040호
주소 서울시 성동구 연무장5길 9-16, 301호 (성수동2가, 블루스톤타워)
대표전화 070-7857-9719 | **경영지원** 02-3409-9719 | **팩스** 070-7610-9820

•바른북스는 여러분의 다양한 아이디어와 원고 투고를 설레는 마음으로 기다리고 있습니다.

이메일 barunbooks21@naver.com | **원고투고** barunbooks21@naver.com
홈페이지 www.barunbooks.com | **공식 블로그** blog.naver.com/barunbooks7
공식 포스트 post.naver.com/barunbooks7 | **페이스북** facebook.com/barunbooks7